智慧公主马小岚纯美爱藏本 24

回到三国的公主

huidao sanguo de gongzhu

马翠萝 著

化学工业出版社
·北京·

原版书名：公主传奇　回到三国的公主　原版作者：马翠萝

本书为新雅文化事业有限公司授权化学工业出版社有限公司在中国内地出版中文简体字版本，仅限于在中国内地（不包括香港、澳门及台湾）发行销售。

未经许可，不得以任何方式复制或抄袭本书中的任何部分，违者必究。

北京市版权局著作权合同登记号：01-2021-2850

图书在版编目(CIP)数据

回到三国的公主 / 马翠萝著 . — 北京：化学工业出版社，2021.11（2024.9重印）
（智慧公主马小岚纯美爱藏本；24）
ISBN 978-7-122-39980-9

Ⅰ.①回… Ⅱ.①马… Ⅲ.①儿童故事-中国-当代 Ⅳ.①I287.5

中国版本图书馆CIP数据核字（2021）第198910号

责任编辑：张素芳　　　　　　　　美术编辑：关　飞
责任校对：宋　夏　　　　　　　　装帧设计：牙　牙

出版发行：化学工业出版社（北京市东城区青年湖南街13号　邮政编码100011）
印　　装：涿州市殷润文化传播有限公司
880mm×1230mm　1/32　印张5¾　字数100千字　2024年9月北京第1版第2次印刷

购书咨询：010-64518888　　　　　售后服务：010-64518899
网　　址：http://www.cip.com.cn
凡购买本书，如有缺损质量问题，本社销售中心负责调换。

定　价：25.00元　　　　　　　　　　　　　　　　版权所有　违者必究

目 录

第1章 "曹冲称象"是真的吗? 　　　1

第2章 除非穿越时空去汉朝 　　　8

第3章 周瑜和诸葛亮哪个帅? 　　　13

第4章 现场直击曹冲称象 　　　19

第5章 短命的小神童 　　　28

第6章 沙拉碗成了大宝贝 　　　38

第7章 苦难的老百姓 　　　48

第8章 被拐的小孩 　　　57

第9章　被猴子故事迷住的孩子	66
第10章　本是同根生，相煎何太急？	74
第11章　小岚牌水果冰	81
第12章　小神童复杂的感情世界	89
第13章　灾难悄悄来临	101
第14章　话说天花	109
第15章　向猪看齐的晓晴	120

第 16 章	怕你被牛欺负	127
第 17 章	想念炸鸡和汉堡包	135
第 18 章	遇见神医华佗	141
第 19 章	是谁献出了天花药方？	149
第 20 章	华佗不想当御医	159
第 21 章	幸运新村	168

周晓星

周晓晴的弟弟,一个风趣幽默的淘气精,不时有天马行空的奇怪想法。

马小岚

来自香港的乌莎努尔公主,聪明美丽、正直善良。敢于向困难挑战,最喜欢说的话是"天下事难不倒马小岚"。

万卡

乌莎努尔公国第十九任国王,风度翩翩、英勇果敢。是国民眼中的好君王,小岚和晓晴、晓星心目中的暖心大哥哥。

周晓晴

马小岚的好朋友,漂亮活泼,喜欢打扮,最常做的事是和弟弟斗气。

第 1 章
"曹冲称象"是真的吗?

小岚和晓晴早上刚走进教室,便见到晓星匆匆忙忙地在外面走廊经过,他手里还拿着一块窄窄长长的硬纸板,上面是墨迹未干的大字。

"这小孩儿在干什么?"小岚有点奇怪。

"示威游行?"晓晴眨眨眼睛。

一直以来,小岚、晓晴、晓星这"嫣明苑三人组"都是一齐上学放学的,但今天一大早晓星就被一个电话叫走了,连早餐也没有吃。

"晓星!"小岚走出教室,朝晓星喊了一声。

晓星听到叫声,停下脚步:"噢,小岚姐姐,回来了?"

小岚走到晓星身边,看了看他手里拿着的纸牌,问道:"你在做什么?"

"我为放学之后的历史学会辩论会做准备呢!"晓星把手里的纸牌举高,让小岚看上面的字。

"曹冲称象是假的吗?"小岚把牌子上的字念了一遍,"啊,这是辩题?"

"是呀!我们中学部、小学部跟大学部的学姐学兄辩论,大学部是正方,认为'曹冲称象'是假的;我们中学部和

"曹冲称象"是真的吗?

小学部是反方,我们认为'曹冲称象'是真的。我还是第一副辩手呢!"晓星得意地拍拍胸脯。

这时晓晴也走过来了,她瞅了瞅纸板上的字,便像被开水烫到一样跳了起来:"啊,'曹冲称象是假的'?谁说的?快站出来,看本小姐不揍死他!我们读小学的时候已经有《曹冲称象》这课文了,如果这件事是假的,那曹冲小朋友不就成了骗子吗?不行不行,曹冲小朋友多可爱多聪明呀,我们要还他一个清白!"

难得"包顶颈"姐姐能跟自己同声同气,晓星高兴地咧开嘴巴笑:"姐姐说的对,曹冲称象一定是真的。两位姐姐,我诚意邀请两位参加今天放学后的大辩论,到时看我周晓星如何激扬文字、舌战群儒!"

晓晴看了看小岚:"去?"

小岚点点头:"去!"

"耶!"晓星使劲蹦了蹦,又说,"地点在大学部知用楼演讲厅,五点半开始,不见不散哟!"

小岚耸耸肩,拉着仍在为曹冲小朋友愤愤不平的晓晴,回到了教室。

对"曹冲称象"这一历史事件的真假探讨,小岚曾经从网上看过,公说公有理,婆说婆有理,最终也没得出定论。

不过在小岚心底里,她更愿意相信有这么一件事。小小孩童竟然比大人还要聪明,这对于成长中的小孩子是多么大的鼓舞啊!

比如说小岚叔叔家那个小堂弟,读了《曹冲称象》这篇课文,回家就煞有介事地跟爸爸妈妈说,他终于有了自己的理想了,就是要成为像曹冲那样聪明的孩子。

为了实现这一远大理想,小堂弟动动小脑筋,想出了好几个"现代称象新方法",比如用地磅来称。什么是地磅?就是警察叔叔用来检查汽车有没有超载的那种磅,一辆载满货物的汽车都能称,称一只大象,小意思啦。还有,可以做一个跷跷板,让大象在一端站好,再找人一个接一个站上另一端,等跷跷板两端平衡,就等于人和大象重量相同了,这时将人的重量相加,便可算出大象的重量。

榜样的力量是无穷的,曹冲的故事,多少年来激励了无数小朋友。所以,一定要支持曹冲,支持曹冲称象!

上课、下课、吃午饭,又再上课、下课,一天的时间就过去了,小岚和晓晴收拾好东西,就往大学部知用楼走去。

走进演讲厅,发现右边座位坐了大约六成人,而左边座位却快坐满了。坐在右边的学生举着的牌子,写着"曹冲称象是假的""请还历史真实面目""曹冲称象是千古大

"曹冲称象"是真的吗？

骗局"；而坐在左边的同学手里举着的牌子，有的写着"我爱曹冲"，有的写着"曹冲曹冲支持你"，有的写着"曹冲称象不容抹杀"。不用问就知道，坐在右边的是正方，即认为"曹冲称象是假的"。坐在左边的是反方，即支持"曹冲称象是真的"。

从人数上看，支持"曹冲称象是真的"观点的学生，占大多数呢！

晓星在前面朝小岚和晓晴招手，让她们过去。

"姐姐，我给你们留了座位。很多同学支持我们呢，我怕你们来晚了没座位坐。"晓星喜滋滋地把两个姐姐带到左边前排第一行。

"留意我的表现！我走啦！"晓星比了个胜利的手势，匆匆回了后台。

"公主姐姐，你也来了！"小岚刚坐下，就听到旁边有人叫起来。

小岚扭头一看："紫妍，是你？"

"是呀是呀，我们小学部来了很多人呢！"紫妍开心地说。

"公主姐姐好！"前后左右马上响起一片声音，男生女生都有。

"公主姐姐也支持'曹冲称象是真的',太好了,我们这回赢定了!"紫妍咧开嘴巴笑。

"对呀对呀!"又是一片叽叽喳喳的回应。

小岚听了有点哭笑不得,只要她支持就赢定了,这是什么逻辑?

"你们都相信'曹冲称象是真的'?"小岚问道。

周围响起一片"嗯嗯嗯"的声音。

"当然是真的。其实我们小孩子很聪明的嘛!"

"大人们就是不相信,觉得小孩子就是不懂事的。太不公平了!"

"爸爸说我小孩子不懂事的时候,我就把'曹冲称象'的课文给他看,他后来再不这样说我了。"

"曹冲是我们小孩子的好榜样呢!"

"大人们不能破坏我们心中的偶像……"

不管怎样,《曹冲称象》的确教育和鼓舞了一代又一代的小孩子。让他们知道,聪明不分大小,有志不在年高,关键是遇事要善于观察,开动脑筋想办法,小孩也能办大事。

就冲着这点,小岚也希望这事是真的。

这时主持人走出来了,他拿着麦克风说:"同学们静一静,由宇宙精英学校辩论学会组织的辩论会马上要开始了。"

演讲厅里马上安静下来。

主持人清了清嗓子,继续说:"谢谢大家的配合。今天的辩题是'曹冲称象是假的吗?',下面有请我们的辩手上场。"

主持人逐一介绍正反双方的主辩、一副、二副、结辩,然后让他们入座,辩手的座位面向观众,右边一排是正方,左边一排是反方。

晓星作为第一副辩手被介绍上场时,偷偷朝小岚和晓晴挤了挤眼睛,还做了个胜利的手势。

幼稚!小岚和晓晴马上转过脸看别处,装作不认识他。

第 2 章
除非穿越时空去汉朝

辩手都坐好之后,主持人便说:"大家好,我是辩论学会的会长罗维尼,欢迎各部的同学参加我们的辩论会。今天的辩题是'曹冲称象是真的吗?',现在先请正反双方的主辩发言。"

正方座席内,一个眼镜男生站了起来:"各位好,我是正方的主辩。曹冲五六岁时,正是公元二零一年左右,那时正是东汉末年,中原根本没有大象。还有,曹冲虽然聪明,但以他五六岁的年纪,而且生活在科学不发达的古代,是不可能懂得利用水的浮力来称大象的。另外,曹冲称象的故事跟某些同样是称象内容的佛教故事相似,曹冲称象根本就是张冠李戴，把发生在别人身上的故事说成是曹冲的事。令人奇怪的是，曹冲称象竟然作为小学语文课文，长期存在于我们的教科书里。所以，我方认为，'曹冲称象'是假的，历史上根本没有这回事。"

眼镜男生刚坐下，反方的主辩，一个梳着马尾、大约十一二岁的小学部女孩子就站了起来。她说话很快，噼里啪啦的好像不用换气："大家好，我是反方主辩，我们对'曹冲称象是假的'这一说法持相反立场。历史早有记载，曹冲自幼聪明，五六岁时就有成年人的智慧，在许多史书中，都留下了历史上许多著名学者对他的高度赞扬和评价。我们认为，不能用一些根据不足的理由，就否定我们中国古代的一名杰出小神童，否定一个耳熟能详、能给予广大少年儿童正能量的古代故事，否定一篇有着积极意义的、鼓舞了一代又一代小学生的经典课文……"

"说的对！我们绝不答应！"台下紫妍和她的小伙伴们忍不住大声喊起来。

主持人赶紧站起来，说："同学们别激动，这样会影响辩论会进行的。"

小学生们马上住口了。

马尾巴女孩子笑了笑，说："接下来，我方的辩手会以

充分理由来证实,曹冲称象是真的。"

"好啊!"支持反方的同学们拼命鼓掌。

等大家掌声一停,正方有人站了起来:"大家好,我是正方第一副辩。我方主辩刚才已经指出,汉朝末年时期中国根本没有大象。称象故事如果是发生在公元二零一年的时候,那时的中国是处于小冰河时期*,只适合在热带生活的大象是无法生存的,曹操哪来的大象呢?没有象,何来称象?所以我们认为,曹冲称象是假的。"

这时,反方第一副辩晓星站了起来,他把搭在前额的头发往后一甩,耍了个小帅,然后大声说:"我是反方第一副辩,我认为汉朝末年没有大象这一说法不成立。那时中国即使处于小冰河时期,大象无法生存,但别忘了,大象是东吴统治者孙权送给曹冲的爸爸曹操的,东吴邻近温暖的交州,孙权能找到大象,一点儿不奇怪。"

正方第二副辩站起来,说:"我方主辩刚才提到,以曹冲这样一个五六岁的小孩,懂得利用水的浮力去称象,这不合理。那时候世界还很落后,人们也不懂得科学道理,所以一个小孩子懂这么多,说不过去。况且,当时在场的还有许多曹操的谋士,既是曹操看重的谋士,必然是很有

---

* 小冰河时期:地球气温大幅度下降的时期。

智慧，为什么他们竟然还不如一个五六岁的小孩？"

反方第二副辩马上反驳："难道年纪小就必然笨，年纪大就必然聪明吗？曹冲自小就很有智慧，加上他身为曹操的儿子，必然受过很好的教育，不许他从书本上学到知识吗？有一本叫《符子》的古书就记载过这样一个故事，战国的时候，有人送给燕昭王一头很胖很胖的猪，燕昭王养了几年之后，这猪更胖了，简直像一座小山那么大，它的四条腿支撑不住身体，只好整天坐着。燕昭王问大臣们有什么办法可以称称这头大胖猪。有个人献计说可以用'浮舟'，就是用船来称量。燕昭王采纳了这一想法，果然称出了这头猪的重量。用船称猪的方法和用船称象的方法是类似的。虽然《符子》这部古书中只说用船来称量大猪，但具体怎样做就没有说。可以设想曹冲看过这本书，受到启发，借鉴用来称象。所以，曹冲称象的智慧，除了来自他本身的聪明，还有来自他对前人经验的学习借鉴。"

就这样，辩手们唇枪舌剑的，各有各的精彩，台下的两方支持者时不时报以一次又一次掌声。

到最后，由大学部语文系主任对这次辩论会做了总结，表扬了大家积极探讨历史的热情，称赞辩手们论点论据的充分和说服力，还有沉着的应对能力、流畅的说话能力等。

系主任最后总结说:"总之,这次辩论会是一次成功的辩论会,一次充满活力的辩论会,双方队员都发挥很好。根据双方表现,我认为反方提出的论据更有说服力,所以今天的胜利者是——反方!"

"反方、反方、反方……"台下反方的支持者疯了似的鼓掌,好一会儿才安静下来。

系主任继续说:"不过,有关曹冲称象是否真有其事,我们只能根据一些历史记下来的资料去分析、判断,而事实上是怎样的,那就没法知道了。"

辩手席上的晓星举起手,大声说道:"老师,穿越时空去汉朝末年,亲眼看看不就知道了!"

系主任扭过头,看了晓星一眼,哈哈大笑起来:"晓星同学真幽默,但世界上哪有穿越时空这回事啊!"

晓星同学小声嘀咕了一声:"怎么没有!"

坐在旁边的同学听见了,以为他开玩笑,推了推他:"好啊,那你就穿去看看,回来告诉我们。"

晓星一拍胸口,说:"好啊!"

同学拍拍他的肩膀,笑道:"晓星同学真幽默。"

第 3 章
周瑜和诸葛亮哪个帅？

放学回到嫣明苑，晓星便一头扎进图书馆，连吃饭都忘了。

小岚和晓晴吃晚饭时来到餐厅，不见晓星，都很奇怪，不知道那个"吃货"发生什么事了，竟然不来吃晚饭。

"玛亚，晓星去哪儿了？"小岚问。

站在一旁的女管家玛亚抿嘴笑笑："晓星少爷在图书馆用功呢，我已经派人去请了。"

"噢，这臭小孩儿今天怎么这样乖，很反常哟！"小岚有点奇怪。

晓晴耸耸肩，说："不知道，大概是受了什么刺激吧！"

正说着听到踢踢踏踏的脚步声,小岚和晓晴一齐看过去,只见晓星抱着一本砖头般厚的书,口中念念有词地走了进来。

"言未毕,一声炮响,两边五百校刀手摆开,为首大将关云长,提青龙刀,跨赤兔马,截住去路。曹军见了,亡魂丧胆,面面相觑……"

他分明是在念中国四大名著之一——《三国演义》的内容。这本由罗贯中写的书,正是写了汉末到三国时期发生的故事。

"晓星同学今天怎么了?迷上《三国演义》,连吃饭也忘了。"晓晴揶揄道。

小岚笑着说:"怕是得了'曹冲称象'后遗症了!"

晓星好像没听到两个姐姐的话,他放下手里的书,仍在发怔:"已经看到五十多章了,怎么还没提到曹冲称象?"

小岚用筷子敲了敲晓星的头:"喂,该醒了!"

"噢!"晓星摸摸脑袋,好像才回过神来,噘着嘴说,"小岚姐姐,干吗敲我!"

小岚又敲了他一下,说:"不敲你还不醒呢!"

晓晴拿起筷子说:"吃饭吃饭,别理他!"

晓星嘿嘿笑了笑,也拿起了筷子。

小岚看了晓星一眼,问道:"怎么,还在纠结有没有曹冲称象这回事?"

晓星嘴里塞满了食物,说不出话来,于是不住地点头。

赶紧吞下嘴里的饭菜,他才说:"我想在《三国演义》里找答案,但是都翻了大半本了,别说称象,连曹冲的名字也没看到。"

小岚哼了一声:"你怎么不问问我?"

"啊,小岚姐姐你知道?"晓星眼睛一亮,"姐姐快告诉我,在哪一章?"

小岚喝了一口果汁,说:"《三国演义》我看过很多次了,小时候听爸爸念,长大了自己看,我记得整本《三国演义》只有一个地方提到曹冲。"

晓星急得拉着小岚的袖子:"哪里哪里?是说曹冲称象的事吗?"

小岚摇摇头说:"不是。是神医华佗被曹操杀害后,曹冲得了病,没人能治,最后死了。曹操很后悔当初杀了华佗,认为如果华佗还在的话,曹冲就有救了。就那么一小段,很简单的。"

"哦,这样啊。"晓星有点泄气,"这么有名的巨著,竟然就写这一点点有关曹冲的事,这作者真是太太太不尊

重我们的小神童了!"

小岚把碟子里的一只太阳蛋"消灭"掉,用餐巾擦擦嘴唇,说:"你不是很厉害的小作家吗?你可以自己写一本嘛,重点写曹冲。"

"咦,对啊,怎么没想到呢!"晓星一拍大腿,兴致勃勃地说,"这本书就叫《三国之曹冲》,或者叫《我是小曹冲》,又或者《称象的神童曹冲》……"

晓星说得兴奋,连吃都忘了,他放下刀叉,用手托着下巴:"嗯,看来我真要穿越一次了,到汉朝末年看看,体验一下生活,把曹冲称象的依据拿回来。两位姐姐,跟我一起去好吗?"

小岚和晓晴互相瞧瞧,小岚说:"好啊,我还挺想见见小神童呢!"

晓晴想了想:"好,去就去!我想会一会周瑜大帅哥,说不定能谱写一段'跨越千年来相会'的感人故事呢!小岚,《三国演义》里是怎么形容周瑜的?听说他很帅。"

小岚瞅瞅晓晴的花痴脸,说:"书里说他'姿质风流,仪容秀丽'。"

晓晴双手托腮,一脸的期待:"哇,好想早点见到周瑜帅哥哦!"

周瑜和诸葛亮哪个帅?

晓星对晓晴的花痴病嗤之以鼻,他眨眨眼睛,说:"我跟小岚姐姐一样,想见见曹冲。另外还想见见诸葛亮,神机妙算的大军师啊,好厉害呢!小岚姐姐,三国演义里是怎样形容诸葛亮的?"

小岚想了想说:"身长八尺,面如冠玉,头戴纶巾,身披鹤氅,飘飘然有神仙之概。"

晓晴一听就很纠结:"听起来诸葛亮比周瑜还帅啊,那我究竟跟周瑜还是诸葛亮发展恋情好呢?唉,帅哥太多也麻烦。"

"嗤!"小岚和晓星一齐发声。

晓星决定直接把他花痴病姐姐忽视了,他从口袋里拿出时空器,跟小岚商量:"我们就去曹冲称象的那年。咦,应该是哪一年呢?"

小岚想了想,说:"曹冲公元一九六年出生,他五六岁时,应该是二零一年或二零二年。"

晓星有点为难:"那选择去二零一年还是二零二年好呢?"

小岚挥挥手:"就二零一吧,碰碰运气。"

"好,那就二零一年,年中间吧,六月。OK,设定好了,我按启动了……"

"喂,别别别……"小岚吓得大声嚷嚷起来,这家伙总

是那么性急,什么都没准备呢!

但来不及了,性急的晓星已按下启动按钮。

一股蓝光开始从他们三人脚下升起,刹那间,晓星、小岚已经双脚离地,旋转着上升了。

还在纠结跟周瑜还是诸葛亮发展恋情的晓晴,手里捧着一小碗水果沙拉,也被卷进了蓝光里……

他们进入了一个深不可测的隧道,五彩缤纷、耀眼炫目,让人不敢把眼睛睁开。不知道翻腾了多久,感觉到了下坠,看来是到达目标年代了。

"砰砰砰……"他们掉进了一处山林里。

屁股又受罪了。外星人啊外星人,你们设计时空器时可不可以再用点心,穿越时空那么难都能做到,干吗不把降落弄得舒服一点呢!

这是小屁屁着地之后大家一致想到的。

第 4 章
现场直击曹冲称象

揉揉受罪的小屁屁,小岚和晓晴开始发飙了。

小岚气势汹汹:"臭晓星,怎么说按就按,我还一点儿准备都没有呢!"

晓晴深恶痛绝:"死孩子,看我不揍你一顿!"

晓星抱着脑袋慌忙逃窜。

小岚喊住追打晓星的晓晴:"哎哎,算了算了,我们还是想想接下来怎么办吧!我们得赶快走出山林,到有人的地方,要不然到了晚上,跑出一只老虎或狮子,那我们就成了它们的食物了。"

"老虎?"晓晴一听便脸色发白,也顾不上打晓星了,

回到三国的公主

赶紧靠住小岚，左看右看的，生怕突然出现什么可怕野兽。

晓星听了小岚的话，马上挺了挺胸脯："不用怕，我来当先行官，有什么危险我来担当！"

说完他就在地上捡了一根粗树枝，朝前领路走了。

山林里风景很美，树木森森、绿叶苍翠，路边的溪水潺潺地流着，清澈得可以见到水底下一块块圆圆的小石头；树上鸟儿喳喳叫着，给寂静的山林增添了灵动。

"哇，空气很清新，很舒服啊！"晓晴东张西望地看风景，又大口大口地呼吸着新鲜空气，连害怕也忘了。

小岚也深深地呼吸了几下，说："森林的空气中含有一种叫负氧离子的物质，负氧离子在医学界被称作'维他氧''长寿素''空气维他命'，有利于人体健康。"

前面的晓星听了，马上很夸张地大口大口呼吸着。小岚从地上捡起一颗小石头，扔到他背上："喂，先行官，专心点！"

三人走了足足大半天，茂密的山林渐渐稀疏，他们终于走到山脚下了。

领头的晓星突然转身，小声"嘘"了一下："那边有人。"

小岚和晓晴赶紧停住脚步，他们都是资深穿越人了，知道在陌生的年代里，万事都要小心。更何况，是在汉朝末年这兵荒马乱的战争时期。

三个人马上躲进一处灌木丛后面。

只见远远的有一群人,正站在一条小河边,指手画脚的,不知在说些什么。

小岚左看右看看不清楚,便说:"走近一点,看看是些什么人,在说什么。"

他们身处的地方,看样子刚被人砍伐过,地上留下很多半人高的树桩。三个人靠着树桩的掩护,从一个树桩跑去另一个树桩,最后藏在一个一米多粗的树桩后面。悄悄探出脑袋,看向小河那边。

那里站着一群身穿汉服的人,指指点点的,好像在看什么东西。这时候,随着一声吼叫,一个长长的鼻子甩了起来。

围观的人似乎有点害怕,纷纷往两边一退,露出一头长着长鼻子的家伙——一头估计一千公斤左右的幼龄大象。

"大象!"小岚三人差点失声大喊,赶紧用手捂住嘴巴。

这时候,一个长相威严、身穿官服的男人说:"你们能算出这大象有多重吗?"

"曹、曹冲称象啊!"晓星用颤抖的手指着那边。

小岚和晓晴激动万分,真是得来全不费工夫啊,想不到那么巧,刚穿越过来就亲眼见到"曹冲称象"。

又见到其他穿官服的人,应是曹操的属下吧,都在议论纷纷。

有人说:"只有造一杆特大的秤来称。"

有人反对说:"这要造多大的一杆秤才行呀!再说,大象是活的,会动来动去,也没办法称呀!我看只有把它宰了,切成块来称。"

这人话音刚落,在场的人都哈哈大笑起来。长相威严的男人说:"你这是个笨办法,为了称重量,就把大象活活地宰了。太笨了!"

这时,跑来了一个小男孩。小男孩大约五六岁,长得唇红齿白,脸上笑容灿烂。他一见到站在河边的人,便笑嘻嘻地说:"父亲大人好,各位叔叔伯伯好,全天下最聪明可爱的冲儿来了!"

"冲儿?!啊,是曹冲呢!曹冲,称象的曹冲!"晓星兴奋得眼睛发亮、声音打颤,"哇,小神童啊,我终于见到小神童了!"

"原来是个自恋的小屁孩儿!"小岚忍不住笑。

"才五岁就这么帅了,长大了肯定迷死人呢!"晓晴嘴里发出"啧啧啧"的声音。这家伙绝对是个"颜控",看到长得漂亮的人就忍不住发花痴。

小曹冲冲着长相威严的男人行了个礼,说:"父亲,听说东吴有个叔叔送来了一头大象。"

原来这男人就是曹操。只见他细长眼睛,鼻直口方,下巴一缕长髯,一脸的威严。

"呵呵,冲儿来了。"曹操一见儿子,马上笑眯了眼,他弯下腰把曹冲抱起来,"来,让父亲抱着你看大象。"

"哇,这头象好大啊!就像一座山一样大。"曹冲很惊奇。

曹操说:"其实这只是一头小象,它的年龄比你还小呢!"

"比我还小?那它长大以后会不会比天还要高,那会不会把天都戳穿了?"曹冲惊讶极了。

曹操哈哈大笑,说:"冲儿的想象力很丰富啊,把天戳穿了,那不成了共工!"

身边的大臣都笑了起来。

"父亲,刚才我听见你们在说要称称这大象是吗?"曹冲歪着头,好像在掂量大象有多重。

"是呀!但是父亲和这些叔叔伯伯还没想出好办法呢,冲儿是不是也来想想?"曹操开玩笑地对儿子说。

"好啊!"曹冲爽快地答应了。

他把小小的食指在脑袋上一戳一戳,戳了十几下,高

兴地喊道:"我想到了!"

"哦?"曹操愣了愣,有点不相信地反问,"真的?"

曹冲点点头:"真的。"

曹操没指望儿子真能想出好办法,想着听听他幼稚的主意也好,便鼓励说:"好啊,你说说看。"

曹冲小声说了些什么,在场的人听了都朝小家伙竖大拇指,曹操连连叫好:"好好好,冲儿,好主意!"

曹操跟站在旁边的一名将军吩咐了些什么,将军弯腰应允,跑去河边叫来了一只摆渡的船,又吩咐十多名手下去搬些大石头来。

躲在树桩后面的小岚等人好激动啊,一千八百多年前的曹冲称象真实场景,即将展现眼前了。

"手机,有没有带手机?"小岚突然想起什么,"快把经过拍下。"

"我有我有!"晓星兴奋地掏出手机,"哇,这回正方那帮哥哥姐姐该哑口无言了吧,曹冲称象实录,情景再现,如假包换!哈哈哈哈……"

那边称象仍在继续,只见曹操亲自指挥人把大象牵上了船,又让人在船舷齐水面的地方刻了一条横线,然后把象牵回岸上。接着,由将军带领手下,把大大小小的石头,

一块一块地往船上装。

不过过程中发生了一点小意外，船还没下沉到那条横线，搬来的石头就已经用光了。将军为难地对曹操说："附近的大石块都搬完了，司空大人，我们得跑远一点找，请司空大人耐心等等。"

曹操还没说什么，曹冲就仰着小脑袋对将军说："唉，将军叔叔，你真笨！石头不够了，你叫那些搬石头的叔叔都站到船上不就行了吗？"

"啊！"将军闹了个大红脸。

曹操和大臣们都笑得人仰马翻。

小岚和晓晴晓星都忍不住捂着嘴笑。这小屁孩儿，还是个小毒舌呢！

曹冲见到将军不好意思，又拍拍他的手安慰说："叔叔，别难过。你输给世界上最聪明的小公子，并不算输！你看，我父亲和叔叔伯伯们不也没想出来吗？"

"臭小子，连你老爹也敢耍！"曹操故意朝儿子吹胡子瞪眼睛。

"打他小屁屁！"大臣们也作出要惩罚曹冲的样子。

"嘻嘻，我这么聪明可爱的小公子，你们才舍不得打呢！"曹冲小短腿一跳一跳的，很得意的样子。

"臭小子,回家再修理你!"曹操笑骂一句,眼里露出快要满溢的宠爱。

晓星用手机拍了不少照片,又拍了几段录像,基本上把从曹操提出称象,到称象完成,都记录在手机里,他乐得嘴巴一直没合拢过。

没想到这次穿越时空有这样大的收获,不但成为曹冲称象的见证者,还成功地作了现场拍摄。真是太幸运了!

先不提这边小岚他们三人的激动兴奋,再说回小河那边成功称出大象重量的人们,个个笑逐颜开,将小曹冲赞了个里里外外、彻彻底底,直把小屁孩儿赞得轻飘飘,快变作氢气球飞到天上去了。

第 5 章
短命的小神童

"大功告成！"见到河边的人全部走光，晓星欢呼一声，把手机往上一抛，又接回手里，美滋滋地说，"把这些视频和照片带回去，亮瞎那些人的眼，看谁还敢说曹冲称象是假的！"

小岚给他泼了一盆冷水，说："你傻呀！这些照片能公开吗？怎么解释来源？人家肯定说这是你从电影电视镜头截取下来的。"

有关拥有时空器的事，除了他们三人之外，就只有万卡哥哥知道。

晓星纠结得不要不要的，明明有最具说服力的证据在手,却偏偏无法公开:"唉,那我们不就白来一趟?"

"不会呀!我们见证了历史,见到了曹冲称象,见到了曹冲他老爸曹操,怎会白来呢!"小岚说。

"不过,我还想见周瑜。"晓晴眼冒粉红小心心。

"我……我想见诸葛亮!"晓星学着诸葛亮摇鹅毛扇的样子。

军师诸葛亮,一年四季都拿着把鹅毛扇,已经成了他的标志物了。晓星曾经和辩论学会的同学一起讨论过,用什么词来形容诸葛亮总是拿着鹅毛扇的行为,有些人用两个词——儒雅、有才;有些人用一个字——装。作为诸葛亮的拥趸,晓星自然是接受了第一种说法,无视了第二种说法。

"这时候周瑜在东吴练兵,而诸葛亮还在茅庐种菜,等着刘备'三顾'去请他出山呢!"小岚想起曹冲那聪明的小模样,说,"我倒想认识一下小曹冲,这小屁孩儿,聪明加自恋,太好玩了。"

晓星眨眨眼睛:"我也喜欢曹冲。不过说起来这小屁孩儿也太可惜了,十三岁就去世了。"

晓晴十分吃惊:"啊,十三岁就死了,真是英年早逝啊!"

晓星看着小岚,说:"天下事难不倒的小岚姐姐,我们既然来了,能试试救小曹冲的命吗?"

小岚低头沉思:"这事我也在考虑中,不过真有点难……"

"也是。现在离他去世还有七年,我们也不知道可以怎样做。鞭长莫及啊!"晓星老气横秋地叹了口气,"而且历史上对于曹冲其实是怎么死的,也有多种说法。我在网上看过,有的说是病死的,有的说是他哥哥曹丕把他害死的。"

"啊,不会吧!他哥哥为什么要害死这么聪明可爱的弟弟?"晓晴眼睛睁得大大的,一脸的不理解。

小岚解释说:"是这样的。古人一般都会立最大的儿子为世子,继承父业,但也有挑自己喜欢的儿子继承的。曹丕是家中最大的儿子,按道理是由他来继承曹操的家业,但曹操毫不掩饰对曹冲的喜爱,常常当众称赞曹冲聪明。曹丕害怕曹操立曹冲为世子,所以对曹冲十分忌惮。"

"啊,那曹丕害死曹冲的嫌疑还挺大呢!"晓星皱着眉头说。

小岚点点头,但马上又摇摇头:"不过我觉得曹丕也不是那么穷凶极恶的人。你们想想,曹丕其实也不喜欢他另一个弟弟曹植,一直想杀他,但后来听曹植念了那首七步诗,还是念着兄弟情,没有杀曹植。"

短命的小神童

"嗯。"晓晴和晓星不约而同地点点头,小岚说的有道理。

晓晴和晓星读小学时就读过《七步诗》,也看过曹植七步成诗的故事。

这个故事说的是曹丕做了皇帝之后,害怕才华横溢的弟弟曹植抢了他的皇位,于是命令曹植在七步之内作一首以兄弟为题材的诗。

走七步就作一首诗,而且还是命题的,曹丕相信没有人能做到。曹植一旦完不成这首命题诗,曹丕就会毫不留情地以抗旨的罪名杀死曹植。

没想到,曹植一边走一边想,走了七步,就停下来吟了一首诗:"煮豆燃豆萁,豆在釜中泣。本是同根生,相煎何太急?"

曹植把锅里备受煎熬的豆子比作自己,把在锅下燃烧着的豆秸比作曹丕,向曹丕发出悲愤的控诉:我们本是同根生的兄弟,为什么你要害我呢?

曹丕听着曹植念诗,心中有愧,于是打消了杀曹植的念头。

晓星说:"嗯,假如不是曹丕害死曹冲的,那曹冲就是另一个死因——病死了。小岚姐姐,如果我们想救他,可以怎么做呢?"

小岚边想边说:"嗯,第一,要了解一下小曹冲的身体状况,如果他是有什么先天的疾病,我现在就可以用中药给他调理身子,消除隐患。即使我回了现代也没关系,留下药方,他坚持吃药就行。"

"嗯,小岚会中医。如果是这样真可以帮到小曹冲呢!"晓晴想了想又觉得有难度,"要知道小曹冲的身体状况,那首先我们要接近小曹冲,接近曹家的人,还要跟他们交上朋友,这样才能了解到小曹冲的身体情况。可我们现在根本跟曹家半点关系都没有呢!"

小岚对晓晴的话表示赞同:"是呀,这是有点难。"

晓星挠挠头,说:"小岚姐姐,那你说说第二个方法。"

"第二,如果小曹冲不是死于先天性疾病,而是死于突发的病,那就得预先替他物色一位医术高明的医生。记得有资料提到,曹操在曹冲病死后,曾后悔自己之前杀了华佗,要不,以华佗的医术,肯定可以治好曹冲。所以,我们如果能让华佗活着,让他能在曹冲生病的那一年,即公元二零八年,来到曹冲身边,那曹冲就有救了。"

晓星又挠头,看样子再挠下去头皮都要被他挠破了:"小岚姐姐,这点就更有难度了。曹操是汉朝末年最有权势的大官,可以说是皇帝都怕他,我们人微言轻,又怎可能阻止他杀华佗呢?"

晓晴有点不明白:"这么高明的医生,曹操为什么要杀他?"

小岚耸耸肩,说:"其实原因众说纷纭。有的说,是因为曹操得了头痛病,让华佗给他医治。华佗诊断后说,要破开曹操的头颅,取出里面的致病源,病就能好了。曹操听了,认为是华佗想害死他,十分愤怒,就把华佗杀了。"

"在这个年代,开颅手术的确吓人。"晓星表示遗憾,说,"但曹操也太不信任神医了。"

小岚继续说:"另外还有一种说法,说是曹操要华佗留在府中,做他的私人医生。华佗不愿意,便借口说自己妻子患了重病,要回家照顾,离开了司空府。曹操见华佗一直不回来,便派人去华佗的家乡寻找,结果发现华佗的妻子好好的根本没有病。曹操很生气,觉得受骗了,便把华佗抓回来,杀掉了。当时,曹操身边最信任的谋士曾经劝他,说华佗是当世神医,不能杀,但曹操也没有改变主意。"

晓晴听得心惊肉跳,古时候的人真没有法制观念啊,随随便便就把人杀了。只不过是不喜欢打你那份工而已,罪不至死吧,怎么就夺人性命?!她很是愤愤不平:"华神医死得也太不值了,我们得帮他。可是,怎样才能帮到他,

不让他死呢？真是好难啊！另外，即使能让华佗不死，但我们怎样才能让他听我们的话，在二零八年的时候，乖乖地来到曹冲身边，救治曹冲呢？何况，华佗到处行医，他现在人在哪里还不知道呢，就是想找到他也不容易啊！"

晓星朝小岚眨着星星眼："小岚姐姐，你是天下事难不倒的马小岚呀，你一定有办法救小曹冲的，是不是？"

"你不用给我戴高帽。"小岚白了晓星一眼，说，"说实话，直到现在为止，我还没想到办法。不过，我会努力的。"

"嗯，我们一起想办法，三个臭皮匠，一定胜过诸葛亮。"晓晴和晓星都一副不想到办法绝不罢休的样子。

"咕咕，咕咕……"什么声音？晓星尴尬地捂住肚子。

大家才想起穿越过来也有十多个小时了，但还没一点东西下肚呢！

晓星小心翼翼地问："两位姐姐，我们有钱买东西吃吗？"

小岚生气地哼了哼："没有。本来可以带点这个年代稀罕的东西过来换点钱的，谁叫你说穿越就马上穿越，什么也没准备。"

晓晴打了晓星一下："都怪你！都怪你！"

"呜呜呜……"晓星撅着嘴。

短命的小神童

小岚朝四周看了看,说:"我们往有人住的地方走吧,看能不能碰到好心人,给我们一点儿吃的。"

三个人强忍着饥饿往前走,快走不动的时候,终于见到前面有一个村子。

"哇,有人了,我们可以要点吃的了!"晓星高兴地喊着。

走进村子,发现这个村子的房子都是用茅草和树枝搭建的,十分简陋,相信雨天一定是"屋外下大雨,屋里下小雨"。

见到最靠边的一间房子,门口坐着一个七八岁模样的小女孩儿,她正在拿着一个崩了一个口子的破碗,把碗里一些稀粥喂给一个三四岁大的小男孩儿。

那碗粥稀得像水一样,没有几粒米,但小男孩儿的小嘴巴发出啧啧的声音,吃得津津有味。吃着吃着,他停了下来,对小女孩儿说:"姐姐,你也吃。"

小女孩儿说:"我已经吃过了,我那碗比你这碗还要大呢!冬冬吃吧!"

小男孩儿"嗯"了一声,这才又大口大口地吃起来。

小女孩儿悄悄咽了一下口水。很明显,她肚子是饿着的,她跟弟弟说了谎话。

小男孩儿咽下一口粥,又问:"姐姐,爸爸妈妈去天国那么久了,怎么还不回来?是不是他们觉得冬冬不乖,不

要冬冬了？"

"这……"小女孩儿声音哽咽了一下，说，"爸爸妈妈在天国做工，赚钱买好吃的给冬冬……"

小岚他们听着两个孩子的对话，看着他们身上破破烂烂的衣服，忍不住鼻子发酸，心里难过极了。

这时小女孩儿发现了小岚几个人，她停下了手里的动作，有点吃惊地看着面前的陌生人。她衣着破烂，身体很瘦弱，因为那张脸实在瘦小，所以显得一双眼睛很大很大。

小岚蹲下身子，温柔地问道："小姑娘，这是什么地方？"

小女孩儿小声说："我不知道，但别人都把我们村叫乞丐村。"

小岚心里紧了紧，又问："你们家大人呢？"

小女孩儿说："我爷爷奶奶去市集讨饭了。村里其他爷爷奶奶、婶婶阿姨也去了。"

她用手指了指市集的方向。

小岚留意到，她口中提到的都是老人和女人。

小岚又问："你们是本地人吗？"

小女孩儿摇摇头："我们是几个月前来到这里的。我们原来的家没了，父亲和两个哥哥去打仗，死了，妈妈也病死了……"

小女孩儿眼里涌满了泪水,但她忍住不让泪水流下来。

汉朝末年,天下大乱,许多有野心的人都出来争地盘,所以中原大地到处都在打仗。无辜的老百姓最受伤害,青壮年男人都被抓去打仗,死在战场上,留下家中无依无靠的孤儿寡妇、老人孩子。

相信这乞丐村的居民都是战争的受害者,家园被毁了,家中的顶梁柱塌了,只好到处流浪,乞食维生。

小岚和晓晴晓星都流泪了,只恨自己没能力,没法帮助这些可怜人。

第6章
沙拉碗成了大宝贝

  小岚和晓晴晓星朝着小女孩儿指点的市集方向，慢吞吞地走着。

  远远地已经看到市集那边的房屋了，但这时他们又累又饿，已走不动了。找了个稍干净的地方，他们坐了下来。

  等会儿去到市集，要是没有人给吃的，那怎么办？这年代可怜人太多了，很多人都自身难保，所以即使有心帮助别人，但也有心无力，就像小岚他们想帮助乞丐村的人却无能为力一样。

  难道要马上回现代去？但也要时空器有电才行啊！这家伙就是这样任性，每穿越一次就要再充电才能用。

沙拉碗成了大宝贝

真是愁死了。

午后的阳光照下来，晓晴身上有什么东西在阳光下闪烁了一下，小岚仔细看去，发现晓晴的衣服口袋里放着什么亮闪闪的东西。

"这是什么？"小岚伸手把东西取出来，不禁惊喜万分，"哇，天哪，晓晴你竟然把这东西带来了！"

那是一只玻璃碗，用来装水果沙拉的。穿越时晓晴正拿在手里吃沙拉，竟然很神奇地没有弄丢，一直带来了这个年代。晓晴随手把它放在了衣袋里。

小岚搂住晓晴使劲拍她的背："晓晴，我爱死你了！知不知道你带了一件大宝贝来了，在这个年代，还没有发明玻璃，这晶莹剔透的碗，在古人眼中可是一件稀世珍宝呢！走，我们把它卖了，哈哈，在这里生活一段日子，可以不愁吃穿了！"

"啊！"晓晴和晓星瞠目结舌地看着那只碗，不敢相信自己的耳朵。

这只在现代司空见惯的玻璃碗，来了古代竟成了宝贝？真的假的？

可这话是小岚说出来的，就一定是真的了。

"哇，发达了！我们不用挨饿了！"晓星笑得见牙不见眼。

晓晴也咧开嘴笑,这回可以留下结识帅哥了。

"走,我们找个珠宝店,把碗卖了,然后吃饭去!"小岚一挥手。

有了解决问题的办法,身上也有了力气,三个人兴高采烈地朝着不远处的市集走去。

这是一条热闹的大街,大街上店铺林立,人来人往。小岚三个人一路被围观,他们的现代装扮被看作奇装异服,引来阵阵议论:

"这三个孩子是什么人?穿得好奇怪哟!"

"他们的衣服怎么这样窄小,是没钱买那么多布吗?"

"那男孩子是个小和尚吗?你看他头发很短呢!"

"真可怜,这么小就做和尚了,给他点钱吧!"

于是,晓星被一个婆婆拉住,往手里塞了一个五铢钱。

见到晓星哭笑不得的样子,小岚和晓晴笑得肚子都疼了,这也让他们明白除了急需填饱肚子之外,还要赶紧买来汉服换上,不然会一直被人围观。

幸亏这时见到一间门口写着"珍宝斋"三个字的店铺,小岚三人急忙走了进去。

柜台里站了两个人,一个五六十岁,看打扮应是老板;一个十八九岁,看样子是伙计。

见到小岚他们进来,那两个人都有点发愣,相信跟刚才街上的人一样,被他们的打扮给吓着了。

小岚三个人走到柜台前,见到那两位仍然傻愣愣的,晓星伸手在他们眼前摆了摆:"嘿嘿,醒来吧,呆瓜!"

那两个人打了个颤,清醒过来。

老板马上笑脸相迎,问道:"几位,想买点什么?"

小岚摇摇头说:"我们不是来买东西的,是来卖东西的。"

老板一听马上收起笑容,不耐烦地说:"去去去,我们是卖东西的,不买东西。"

小岚拿出玻璃碗,在老板眼前晃了晃,说:"这个宝碗也不买吗?"

"这、这是什么?"老板两眼马上放出光芒,"好漂亮!"

小岚撇撇嘴说:"那你买不买?不买我们找第二家去。"

"买买买买买买!"老板一连说了许多个"买"字,"能给我看看吗?"

"可以!"小岚把玻璃碗递了过去。

老板在柜台上铺上了一条手帕,然后小心翼翼地接过碗,放到手帕上。

"天哪,真是好宝贝啊!"他近看远看,左看右看,嘴里不住地发出啧啧的赞叹声。

好久他才依依不舍地收回目光,站直身子,说:"这碗我买了,你要卖多少钱?"

"多少钱?"小岚愣了愣,一时答不出来。

她急忙把晓晴晓星拉到一边,说:"你们说说,要多少钱好呢?"

晓晴很困惑:"不知道这时候的币值和物价,真不好开价呢!"

晓星挠挠头,也说不出主意。

小岚想了想,说:"那就要一百金好了。"

晓晴点点头:"好,就一百金!"

晓星捂着嘴偷笑:"耶,我们可以去买好吃的了。"

于是,小岚走回柜台前,说:"我们要一百金。"

"一、一百金?!"不知为什么,老板似乎有点吃惊,"你是说要一百金?"

晓星说:"是呀,一百金,少一点儿也不行。这么漂亮的碗,值这个价!"

老板定了定神,说:"好,那就说定了,一百金。我马上拿钱给你们。"

老板急急忙忙走进屋里,很快拿了个布袋出来,放在柜台上:"一百金,你们点点数。"

小岚正想打开布袋点数，后面有个清越的声音响起："这宝贝给一百金？老板，你别欺负人家小孩子不懂事！"

小岚他们回头一看，只见一个穿着白袍的二十多岁的年轻人，瘦削身材，英俊秀气，只是脸色不怎么好，显得有点苍白。

那老板一听年轻人这么说，脸马上变得通红，嗫嗫嚅嚅地说："你、你这人怎么这样说话，我哪有欺负他们，一百金这价钱很公道嘛！"

年轻人盯着老板的眼睛，说："公道？你真是睁着眼睛说瞎话！这样一件稀世之宝才值一百金？太坑人了吧！"

他又对小岚说："小姑娘，别在这里卖，我带你去别的铺子！"

小岚这时也看出不对来了，她马上对老板说："我们不卖了！"

"别别别！"老板急忙说，"我加钱就是。那你说该多少？"

后面那句话他是冲着年轻人说的。

"多少？"看来年轻人也不大清楚价钱，他想了想，说，"两百金！"

"成交！"看来两百金老板也是占便宜了，他好像怕小

岚他们反悔似的,急忙走进里屋,很快又拿了一个布袋出来。

"一共两百金,行了吧?"

年轻人拿起两个布袋,掂量了一下,朝三个孩子点点头:"嗯,走吧!"

"哥哥,真太谢谢你了!"小岚和晓晴晓星兴高采烈地走出珍宝斋,异口同声地感谢年轻人。

年轻人笑着摆摆手:"不用谢。我也是路见不平,不忍心你们被骗。"

晓星说:"哥哥,我们请你吃饭好吗?"

年轻人摇摇头说:"不用客气。我已经吃过了。我还有事,得走了。"

小岚问道:"哥哥,我们还不知道你的名字呢?"

年轻人说:"我叫郭嘉。"

然后潇洒地一扬袖子,走了。

"郭嘉?"小岚和晓星同时喊了起来。

晓星兴奋地说:"郭嘉,字奉孝,曹操身边的天才谋士啊!"

小岚担忧地说:"据说他比诸葛亮还要足智多谋呢,可惜他三十多岁就病死了。"

晓晴伤心地说:"啊,可怜的帅哥!"

"啊,帅哥回来了!"晓星指着朝他们跑过来的白衣人。

果然是那郭嘉跑回来了,他有点气喘吁吁地说:"嘿,忘了问你们,你们是从哪里来的?看你们服饰打扮不像中原人。"

小岚当然不能说自己是穿越过来的,便编了个身世:"我们是中原人,之前一直跟家人生活在西域。最近因为战乱,我们跟着家人逃难,走失了,我们几个就流浪到了这里。"

小岚之所以说是西域人,是因为西域人的服饰特点是衣短袖窄,跟他们身上穿的现代服装有点类似。

"原来是这样。"郭嘉打量着小岚他们的打扮,又说,"那你们有住的地方吗?"

晓星说:"我们刚到这里,打算卖了宝物,有了钱就去吃饭和找客栈。"

郭嘉指指前面,说:"这里过去不远,有一家云来客栈,信誉良好,住着安全,房间也干净,你们去那里投宿吧!"

小岚点头致谢:"谢谢郭大哥!"

郭嘉还想说什么,不远处有几名站在树下的书生大叫:"奉孝,还磨蹭什么,快来!"

"哎,来了来了!"郭嘉应了一声,又对小岚他们挥了挥手,说,"有缘再见!"

"真是个好人。"看着郭嘉的背影,三个孩子都挺感慨的。

"咕咕!"晓星的肚子又叫了,他急忙拉着小岚的手,说,"快走吧,找个地方吃饭去,饿死了!"

走不多久见到一间卖汤饼的食肆,三个人径直走了进去。

很快,小伙计就端来了三碗热气腾腾的汤饼。可能有读者问,这汤饼是什么东东呀?汤饼,其实相当于我们现在常吃的面条,做法是将调好的面团托在手里撕成片,放到锅里煮熟。

虽然只是简简单单的一碗面食,也不像现代那么多配料和调味料,但早已饿坏了的孩子们,也吃得津津有味,呼啦啦很快吃完了。

晓星拍拍圆鼓鼓的肚子,还想再要一碗,被小岚拦住了。饿了这么长时间,一下子吃那么多,怕他吃坏了肚子。好说歹说晚上去吃更好的东西,晓星才答应不再要了。

结账时从钱袋里拿出一块金饼子,食肆老板找给他们一大堆五铢钱,原来一金可以换九十多个五铢钱呢!大家都直皱眉头,不知怎么把钱带走。幸亏好心的老板找来了一个布口袋,让他们把五铢钱装好带走。

吃饱肚子,另一件大事就是买衣服。穿着现代的衣服,走在汉代的大街上,总招来讶异的目光,太尴尬了。尤其是晓星,老被人叫小和尚,把他气得直跳脚。

很快找到一间卖成衣及各种饰物的店铺,三个人赶紧走了进去,从头到脚,来了个大换装。小岚和晓晴留着长发好装扮,一条丝带把头发扎在后面便很好看,只是晓星的小和尚头有点难办。

幸好这家店铺刚好有假发卖,热心的店老板给晓星试了一顶又一顶,终于把他那个疑似"和尚头"成功遮挡。半小时后,成衣店里走出了两个漂亮的汉装女孩,一个可爱的汉服小公子。

不过,他们仍然像之前那样引人注目,因为这三个穿着打扮都像少爷小姐的人,却奇怪地每人扛着、提着一个袋子,实在跟他们的身份不相称啊!别人家的少爷小姐,都是佣人跟着,买个小首饰都是小丫鬟拿的。

幸亏很快就找到了云来客栈。

第 7 章
苦难的老百姓

客栈，就是我们现代的旅店。

交了租金，三个人走进房间，放下三个沉重的布袋，才一身轻松地坐了下来。

"唉，快把我累死了！古代人真蠢啊，怎么不像现代那样，弄些一百块一千块一张的纸币，或者干脆用支票呢！一张纸就可以轻轻松松带着几十万几百万满街跑了……"晓星躺在属于他的那张单人床上，唠唠叨叨的，"累死了累死了，我得好好歇一歇……"

小岚打断了晓星的话："我们还得走一趟。我们现在有钱了,买些吃的去乞丐村吧!"

晓星一骨碌从床上跳了起来:"该死,我怎么就把这事忘了呢!对对对,现在就去。"

晓晴也站了起来:"买什么好呢?"

小岚想起客栈隔壁有个卖馒头的小铺子,就说:"就买馒头吧。馒头能饱肚子。"

小岚拿起装五铢钱的布袋,把里面的钱倒了一半在床上,把剩下的提在手里,然后和晓晴、晓星一起出门了。

走到隔壁馒头铺子,对站在柜台里的小伙计喊道:"我们要买馒头。"

小伙计挠挠头:"馒头?馒头是什么?"

小岚指了指那外形有点像馒头,但又比馒头扁的面制品,说:"这不是馒头吗?"

小伙计看了看:"哦,你说的是蒸饼!"

蒸饼?看来这汉朝很喜欢把食物叫"饼",烧饼、汤饼、蒸饼……都带个"饼"字。

"买几个?"小伙计问。

小岚想了想,多了他们也拿不了,便说:"给我一百个。"

"一、一百个?"小伙计有点吃惊。

一般人都是几个几个地买,从没见过买一百个那么

多的。

正在铺子里做饼的一个大叔听到有大生意，急忙走过来，说："一百个，好啊！好，有！"

又顺手拍了那发呆的小伙计一下："傻了？还不赶紧拿个竹筐来，给人家小姐装蒸饼。"

"哦。"小伙计摸摸脑袋，立即跑进里屋。

一百个蒸饼足足装了满满一箩筐，小岚和晓晴还有晓星三个人，好不容易才把箩筐抬到铺子门口，就拿不动了。

正在发愁，就发现有几个脏兮兮的小孩子走了过来，咽着口水，两眼放光地盯着那些蒸饼。接着又来了一帮，又一帮，把小岚他们三个人围住了。

"姐姐，我饿！"有个小男孩儿终于忍不住开口了。

"哥哥，给我个蒸饼吧！半个也可以。"

"姐姐，我妹妹两天没吃东西了，给我一小块儿给妹妹吃，好吗？"

"哥哥，求求你给点吃的，我爷爷病了，我想带点吃的给他……"

"哥哥姐姐，求求你们了，呜呜……"

小岚的眼泪"哗"地流出来了："行，都给你们。排好队，每人一个。"

那些小孩子全都很乖地、一个接一个排好队,每个人都从小岚他们手里拿到了白白软软的蒸饼。

孩子们有的一拿到手就大口大口地吃起来,有的小心地咬下一小口就急急地走了,有的就忙着喂给身边更小的孩子吃。刚分完一帮孩子,另一帮孩子听到消息又来了,后来,很多老人也来了。很快,一百个蒸饼全分光了。

一个没牙的老婆婆来迟了,看着空空的箩筐,捂着嘴无声地哭了起来:"我可怜的小孙女儿,还以为可以有东西带给她吃。"

小岚拿了一把五铢钱,塞到婆婆手里:"拿着,去买吃的吧!"

老婆婆看着手里的钱,好像有点不敢相信,用手擦了擦眼睛,确认真是钱后,竟然颤巍巍地,想给小岚下跪,吓得小岚急忙把她扶住。

"乖孙女儿呀,咱们今天有吃的了。遇上了好人哪,天仙般的姑娘,好人哪……"婆婆擦着眼泪,嘴里嘟嘟囔囔地走了。

一直站在食肆门口,十分感动地看着小岚他们分蒸饼的食肆小伙计,这时插进话来:"这些都是流浪到这里的难民。附近几个城市因为一直在打仗,那里的人家园都毁了,亲人也死的死伤的伤，他们只好逃来这里。好惨啊！"

"万恶的战争！"晓星摇摇头，说，"为什么要打仗呢，害得老百姓这样凄惨。"

小岚触景生情，不禁脱口而出，念道："峰峦如聚，波涛如怒,山河表里潼关路。望西都,意踌躇。伤心秦汉经行处,宫阙万间都做了土。兴，百姓苦；亡，百姓苦。"

"好诗！"有人大喊了一声。

小岚扭头看去，咦，是个熟人！

"郭大哥！"晓星首先喊了起来。

原来这人竟是之前在"珍宝斋"帮了他们的郭嘉。

郭嘉惊讶地看着小岚："小姑娘，这首诗是你作的吗？写得真好啊！"

小岚急忙说："不不不，不是我写的，是一位叫张养浩的人写的。"

郭嘉想了想："张养浩？这是谁呀？我怎么没听过。"

小岚想,你当然没听过啦,这是张养浩的一首散曲作品,他是元朝人，要一千多年以后才出生呢！

郭嘉见小岚回答不出来，便说："我知道了，这是你写的，是吧？说起来我也算博览群书，但从来没读过这首诗。小姑娘，你刚才派饼的事我看到了，这诗正是你的感怀之作，表达了对老百姓的深切同情与关怀。小姑娘,你是个好人。"

郭嘉朝小岚竖起大拇指,又说:"我就住在前面承恩坊,有什么需要帮忙的,你们三姐弟可以去找我。"

小岚突然想到,或者可以通过郭嘉认识小曹冲,便笑着答应了。

她看了看郭嘉身后的两个随从,灵机一动,说:"郭大哥,眼前倒真的有一件事想请你帮忙。"

郭嘉笑道:"行,没问题。"

小岚说:"我打算买一百个蒸饼,送去乞丐村,但太重了我们拿不动。能不能请你派人帮我们送去?"

"乞丐村?"郭嘉好像不知道有这个地方。

"郭大哥,是这样的。"晓星把之前经过一个村子,碰到小姐弟的事告诉了郭嘉。

郭嘉一脸凝重:"啊,我以为逃难来的百姓,就只是城里这些。没想到,城外还有整个村的难民。这样吧,这一百个蒸饼由我出钱买吧,也让我尽一点心意。另外,这件事我要告诉司空曹大人,让他关注一下这些难民,看能不能替他们解决温饱问题。不过,司空大人能做的事也有限,因为这些年战争不断,流离失所的百姓实在太多了,朝廷也拿不出更多的钱接济他们。"

小岚眼睛一亮，说："郭大哥，你肯帮助他们，真的太好了。你等等。"

小岚说完跑回客栈，很快拿了一个袋子出来，塞到郭嘉手里："这是我们刚才卖那只碗的钱，我留了一些做生活费，这里大约有一百五十金，你拿回去给司空大人，让他用于救济那些无依无靠的老人和孩子。"

"啊！"郭嘉拿着袋子，愣住了，"你、你把这么多钱交给我，你不怕我私吞了？"

"我相信你。"小岚真诚地笑着，"就冲你同情那些可怜的百姓，肯帮他们，我就知道你是个好人。"

"好，我无论如何，都会促成司空大人做好这件事。谢谢你，小姑娘。"郭嘉朝小岚深深作了个揖，又说，"我明天来找你，告诉你司空大人打算怎样帮那些百姓。"

郭嘉从身上拿出钱买了蒸饼，准备和两个随从一起送去乞丐村。

"郭大哥！"小岚突然喊道。

"哎！"郭嘉转过身来。

小岚很郑重地说："你脸色不好，去找个大夫看看吧！有病治病，无病养身。"

"啊？"郭嘉有点愕然，想了想又点点头，"谢谢！"

他最近的确有点不舒服,但因为怕麻烦没想过找大夫。小岚这么一说,倒提醒了他。

也就是因为小岚这句话,让郭嘉能够有病去看中医,结果活到八十多岁才离世。

看着渐渐走远的郭嘉,晓晴说:"那一百五十金,你不怕郭大哥自己拿去花了吗?"

小岚很自信,说:"我相信他。而且我读过史书,书上说他是个好人。"

做了好事,心情特别好。这天晚上,小岚他们都睡了一个好觉。

第 8 章
被拐的小孩

第二天是个晴天,晓星兴致勃勃地说,要出去体验一下汉末的风土民情,所以一大早就咋咋呼呼地把两个姐姐吵醒了。

看在晓星知趣地去隔壁食肆买了早餐回来,两个姐姐没有揍他。

三个人吃饱了肚子,就上街去了。

走不多远就见到前面围了好多人,不知在看什么热闹。晓晴的八卦天性在古代散发,拉着小岚跑了过去。

围观的人实在太多了,围了一层又一层。只听到人圈里面有人在大声讲话,有小孩儿的声音,也有男人和女人

的声音。

女人的声音:"小宝乖,快跟娘回家去。"

小孩儿的声音:"我不是什么小宝,你也不是我娘!"

男人的声音:"臭小子,你一早起来就调皮捣蛋,让娘打了一顿,竟然就不认娘了,你这个逆子!"

"不是不是,你们根本不是我爹娘!"又是小孩儿的声音。

围观的人七嘴八舌在劝说:"你这小孩儿也太过分了吧,娘打你,你就不认爹娘,真不乖!"

"快跟你爹娘回家吧!"

"是呀是呀,打是疼骂是爱,娘打你也是为你好。"

小孩儿的声音满是委屈:"我已经说了他们不是我爹娘了,你们怎么不信我!他们长得这么难看,能生出我这样漂亮可爱的小公子吗?"

围观的人想想小孩儿说的也对,又说开了:

"对呀,这小孩儿生得白白净净,那两个人皮肤黝黑,不像啊!"

"这对夫妻蛇头鼠目,这小孩儿粉雕玉琢般好看,的确不像一家人!"

男人看看群众舆论偏向了小男孩儿,便说:"不许是隔代遗传吗?我爹娘长得好看啊!"

于是，风向又转了，围观的人又偏向那对男女：

"也有道理。我表弟的叔父的媳妇的表妹的堂侄子长得也很漂亮，但听说他的父母长得很难看。"

"我家隔壁老王的侄女的外甥……"

男孩儿气急败坏的声音："他们真是坏人，他们是拐带小孩的坏人！救命啊！"

随着叫声，一个小男孩儿钻出了人群，一对中年男女紧跟着追了出来："臭小子，不许跑！跟我回家！"

这边看热闹的小岚和晓晴晓星早已吃惊得说不出话来，这小男孩儿不是曹冲吗！

遇到拐卖小孩子的坏人了！小岚马上明白发生了什么，她大喊一声："你们要干什么！"

她张开双手，拦住那一对男女。

"姐姐救我！"曹冲一见有个漂亮的姐姐帮他，马上抱住小岚的腿，不肯放手，"姐姐救我！"

正如小岚所想到的，这一对男女的确是专门拐卖儿童的骗子。这两人一早在街上游荡，寻找目标，没想到还真被他们找到了。一个五六岁漂亮可爱的小男孩儿，一个人在街上走，他们观察了一会儿，发现小男孩儿没有大人带着，便出手了。围观的人还相信了他们，劝小男孩儿跟他们回家。

本以为阴谋得逞,可以在众目睽睽之下把人抱走,没想到却走来个女孩子拦路。

那个男人狠狠地瞪着小岚:"你是谁?竟然阻挠我们带孩子回家!"

小岚护住曹冲,毫不畏惧地说:"我是他的姐姐!"

"啊!"男人愣住了。

女人开始也愣了愣,但很快又呼天抢地说:"天哪,有人想骗走我儿子啊,我不要活啦!"

女人边喊边朝小岚扑过去,想用手去抓小岚的脸,小岚抱起曹冲,往旁边一闪,女人收不住脚,扑倒地上,啃了满嘴泥。

男人见了,咬牙切齿地想打小岚,小岚一点也不害怕,见男人走近,便一脚踢去,踢得男人连连后退。男人捋起衣袖,恶狠狠地说:"多管闲事的死丫头,看我给点厉害你瞧瞧!"

这时听到有人大喊一声:"这不是之前拐走我小孩儿的拐子佬吗?"

说时迟那时快,一个高大的叔叔跑过来,朝男人踢了一脚,把他踢倒在地。高大叔叔愤怒地指着那男人:"就是这个人,前几天拐了我的儿子,幸好被我发现了,抢了回来。可惜后来让这个坏人逃走了,天网恢恢啊,今天让我碰上了。"

那一男一女听到,知道事情败露,爬起身急忙逃跑,但被高大叔叔一手一个抓住了。

这时候,晓星气喘吁吁跑来,说:"官差来了,我把官差找来了。"

原来小岚一发现事情不对,就叫晓星去找人来帮忙,晓星跑不多远就见到两名巡逻的官差,就把他们领来了。

那两名官差早从晓星口里知道发生了什么事,冲上去,把那一男一女抓住了。那两人大叫冤枉,但是这时围观的

人都不再受他们蒙蔽了,很多人都忍不住走上去踢他们一脚,或揍他们一下来泄愤。等到官差把那两名男女从人们的围殴中拖出来时,那两个家伙已经鼻青脸肿,不成人样了。

拐卖天真可爱的小孩子,实在是天地不容啊!

小曹冲一直抓住小岚的手不放,因为他知道这小姐姐是个可以依靠的人。两名官差问要不要送他回家时,他抬头看看小岚,说:"我要姐姐送。"

官差看看小岚,拱拱手,说:"那就拜托了。"

小岚笑笑说:"行,没问题。"

低头瞧瞧那小屁孩儿,小岚忍不住问道:"你怎么一个人跑出来?"

曹冲委屈地撇撇嘴:"我二哥带我出来玩的,走着走着不见二哥了。我想回家,但是又不认得路。"

小岚朝晓晴和晓星瞅瞅,大家心照不宣。曹冲口中的二哥,就是曹操的二儿子曹丕。不用问肯定是曹丕故意把曹冲弄丢的,弄死曹冲可能他不敢也做不出,所以干脆把他像小狗一样扔了。

如果真是这样的话,这曹丕真是太有心计了。

官差押着两名骗子回衙门去了。曹冲朝小岚龇着小白牙笑得很灿烂:"姐姐,走,带我回家。"

小岚拉着他的手,说:"小曹冲,你家在哪里?"

小曹冲惊讶地睁大了眼睛:"啊,姐姐知道我的名字?"

小岚笑着点点头,说:"当然。小曹冲是个小神童呀,名声在外,我当然知道你的名字。"

小曹冲嘻嘻地笑得很得意:"哇,冲儿真的好厉害哦!"

这小屁孩儿,又自恋了。

晓星摸摸小曹冲的脸,说:"你还没回答小岚姐姐,你家在哪呢。"

小曹冲眨眨眼睛:"冲儿住在玉妹妹家旁边。"

小岚和晓晴互相瞅瞅,看来这小神童也有迷糊的时候。

晓晴问道:"那你玉妹妹又住在哪呀?"

曹冲眨眨眼睛:"玉妹妹住在冲儿家旁边。"

"啊!"哥哥姐姐被他绕晕了。

"嘻嘻嘻嘻……"小曹冲突然捂着嘴巴笑了起来。

这小屁孩儿,竟然捉弄哥哥姐姐!

"臭小孩儿,大刑侍候!咯吱咯吱咯吱……"晓星气得伸手去挠曹冲的胳肢窝。

"不要不要不要!"晓星的手还没有碰到曹冲身体,那小家伙就已经笑得缩作一团了,"哥哥饶命,冲儿不敢了!"

几个人正在玩闹,突然听到一声大叫:"七公子在

那里！"

小岚他们还没回过神来，就被一大帮手拿武器的人围住了。

人群中走出一个少年，虽然只有十二三岁，但却英气勃勃、双眼炯炯有神，他把手中大刀指向小岚他们几个，喝道："哪里来的贼人，竟敢拐走我弟弟！快快投降！"

曹冲一见那少年，便边喊着"三哥"，边跑了过去，扑到那少年怀里。

曹冲抱着少年，说："三哥不要错怪好人，这几个哥哥姐姐是好人，是他们把我救了呢！"

少年搂住曹冲询问情况，听曹冲一五一十地讲完后，他朝小岚等人拱拱手，说："我是曹彰。刚才得罪了，错把恩人当坏人，对不起！"

小岚看了看面前的英俊少年，原来这是曹操的第三个儿子曹彰。这孩子是曹操的子女中，武功最厉害的一个呢！

她也朝曹彰施了一礼，笑着说："没关系，不知者无罪。"

曹彰又朝小岚他们几个拱拱手，说："发现七弟失踪后，我父亲许下诺言，如帮忙找到七弟的，重酬。几位能否随我回司空府，让父亲兑现承诺，以谢搭救七弟之恩。"

小岚笑着说："小将军太客气了，举手之劳而已，不用谢。"

曹冲生怕小岚不跟他回家，跑到小岚身边，死死地揪住她的衣袖。他家兄弟多，姐妹没几个，而且都是循规蹈矩三步不出闺门的女孩儿，平日很难玩到一块儿去。好不容易认识了一个又热心、又勇敢的姐姐，哪肯放过。他讨好地说："姐姐，我要你去我家玩，我有很多好玩的东西，我全都给你玩。"

小岚也想借这机会接近曹冲，于是点点头，说："好的，我就去拜访一下你们家。"

"好啊！"曹冲高兴得龇着小白牙，笑得有牙没眼。

晓晴在一旁拉拉小岚，说："曹操不是丞相吗？我看电视剧，都叫他曹丞相。怎么他住的地方不叫丞相府，而叫司空府呢？"

小岚说："有些电视剧乱来的。曹操在二零八年才做丞相，现时的职务还是司空呢！司空是朝廷中权力最大的三个官职之一，另外两个职位是太尉、司徒。"

"哦！"晓晴恍然大悟。

第 9 章
被猴子故事迷住的孩子

坐上了曹彰找来的马车,小岚等人向司空府而去。曹冲一路上都喜滋滋的,拉着小岚说话,看样子,他真的很喜欢这个姐姐呢!

机会难得,小岚了解起曹冲的身体状况:"小冲冲,你会不会经常生病吃药呀?"

"哦,姐姐是说吃苦苦的汤药吗?有过啊,上个月就试过一次,我和哥哥们在荷花池边玩,不小心掉池里了,幸好被救了上来。但是却着凉了,结果大夫让我吃了好多天苦药。那药好苦好苦哟!"小曹冲的小脸皱成了个小苦瓜。

"哦,除了这次外,还有没有生过其他病呀?"

"没有啦。我身体棒棒的,父亲叫我小老虎呢!"小曹冲用小爪子做了一个老虎扑人的动作,又"呜哇"地叫了一声。

"可爱的小家伙!"小岚忍不住用手捏捏曹冲的小脸,又问,"那是不是说,除了那次掉下池塘着凉生病,你就没有病过?"

小曹冲想了想,说:"做小娃娃的时候有没有病过,我就不知道了,因为小娃娃傻傻的不会记事。但长大以后,好像就没怎么病过,父亲请御医给我看过,御医伯伯也赞我身体好呢!"

小岚点点头。看样子,曹冲十三岁那年很可能是突发的疾病,而不是旧病发作。看来真的要找华佗帮忙,才能救曹冲的性命哩。

小岚又问:"小冲冲,你认识一个叫华佗的大夫吗?"

"华佗?"小曹冲眨眨眼睛,又摇摇头,"没听过。"

小岚想,唔,那就说明华佗还没有成为曹操的私人医生。去哪里找他呢,这有点棘手啊!

聊着聊着,就到了司空府门口了。

"哇,好多人欢迎我们啊!"一直撩开车帘看外面风景的晓星,沾沾自喜地说。

回到三国的公主

小岚抬头看去,果然,门口站了起码三四十人,站在最前面的,伸长脖子张望的,分明就是曹操。

晓晴一副震惊状:"天哪,我不知道自己那么受欢迎!"

小岚给了晓晴晓星每人一巴掌:"想得美,人家是来接小曹冲的。"

车子刚停下,小曹冲就跳下车,一边喊着"父亲、父亲",一边朝门口的人群跑去。那曹操一见,也朝曹冲冲了过去,父子两人抱在一起。

被人称为"一代枭雄"的曹操,此时双眼含泪,他把儿子抱得紧紧的,好像怕他又再丢失:"冲儿,冲儿,你吓死父亲了!"

"父亲,父亲,冲儿好怕见不到您了!"曹冲把头埋在曹操怀里,一脸的依恋。

小岚这时已下了车,站在离那对父子几米远的地方,静静地观察着。

在小说《三国演义》中,曹操是奸诈、残忍、任性、多疑的反面人物典型。而在史书《三国志》中,作者陈寿认为曹操谋略过人,善用贤才,是杰出的军事家、政治家和文学家。

但如今出现在小岚眼前的,只是一位找回了心爱儿子的温情脉脉的慈祥父亲。

"父亲,二哥呢?他也迷路了吗?他找回来没有?"曹冲突然想起了什么,焦急地问。

曹操怒气冲冲地说:"那个混账小子,竟然把弟弟丢了。我让他在祠堂跪两天,不许他吃饭。"

曹冲一听很着急,说:"父亲别生气。您别怪二哥,是冲儿调皮走失的,您别让他跪祠堂,别让他饿肚子。肚子饿好惨哟!"

"不行,不管怎样,他带你上街就得照顾好你。他没做到,就是没尽到责任,就要受罚。"曹操亲了曹冲一口,说,"不过,既是冲儿为他说情,我就从轻处罚,让他跪到明天早上吧!"

"父亲,不要!"曹冲不依地扭着小屁屁。

"不许替他说话,再说罚他跪三天!"曹操故意板着脸,拍了曹冲的小屁屁一下。

曹冲噘着嘴不敢再说话了。

"父亲父亲。"曹冲突然想起了小岚他们,忙说,"他们就是救了我的那几位哥哥姐姐。"

曹操把小岚几个人打量了一下,然后点点头,说:"多谢几位小友救了我冲儿。我之前承诺过,给救我冲儿的人

重酬,现在是兑现承诺的时候了。"

他回身一招手,一个侍卫便捧着一盘金灿灿的金饼子,走了过来。

小岚坚决地说:"司空大人,我们帮七公子,只是路见不平拔刀相助,并不是为了回报。请把金饼子收回。"

"哈哈哈,原来救了七公子的是你们几位!"忽然从司空府中走出一个人,直朝小岚他们走来。

啊,是郭嘉!

郭嘉走到曹操面前,朝曹操作了一揖,说:"司空大人,这三位就是我跟您说的善心孩子。他们买食物给难民,又赠了一百五十金安置难民,品行高尚。所以,他们救了七公子,是一定不会要大人您的钱的。"

曹操眼睛一亮,脸上露出惊讶的神情:"三位小小年纪,就怀慈悲之心,实在令人赞叹。昨日奉孝跟我说了你们的事之后,我已经打算用你们的钱,加上我自己捐赠的三百金,设立一项救济基金,再找人捐钱捐物,筹措更多钱,共襄善举,救助难民。本来还准备让奉孝今天一早去请你们来商量,没想到冲儿走失了,就把这事耽搁了。真没想到,这么巧你们救了我的儿子……"

郭嘉笑嘻嘻地说:"这是司空大人和这三位善心孩子结

的善缘呢！"

"哈哈哈，说得有道理，看来我们是真有缘分。这样好了，既然三位小友做善事不求回报，我就把这些酬金捐给难民基金。"见到小岚三人点头，曹操便挥手让侍卫把金饼子拿回去，他又说，"虽然几位不求回报，但作为冲儿的家人，还是要表示谢意的。请三位小友移步我家府第，一来见见我家人，二来吃顿便饭，略表谢意。不知三位意见怎样？"

小岚也想跟曹操搭上关系，好实现她的"拯救华佗，再由华佗拯救曹冲"的计划，于是便代表晓晴晓星点了头。

见到小岚他们肯留下，最高兴的还是曹冲。他跑到小岚身边，牢牢牵着小岚的手，一跳一跳地走进司空府。

首先见到的是曹操的一众夫人，卞夫人、环夫人、杜夫人、秦夫人、尹夫人……

接着是曹操的一群儿子，除了曹丕被罚跪祠堂，其他儿子曹彰、曹植、曹熊、曹铄、曹据、曹宇、曹林……还有他的继子何晏、秦朗和养子曹真。

幸亏他们家重男轻女没把女孩儿叫出来见客人，否则光是听那几十个名字，看那一晃一个一晃一个几十张脸孔，就足以把人晃晕了。

这要放在现代的学校,比一个班的学生还要多呢!香港实施小班教学,一个班不超过二十五人。

反正到了最后,小岚只是记住了两位夫人,卞夫人——因为她是第一个被介绍的。还有环夫人——因为她是曹冲他妈。年轻一辈就只记住了曹彰,因为在市集时就认识了。还有就是曹植,写出七步诗"煮豆燃豆萁,豆在釜中泣"的未来大文豪,小岚他们小学时就从课文里知道他了,名字简直如雷贯耳啊!

嚷扰半天,吃了饭,喝过茶,小岚就准备告辞了。"拯救华佗,再由华佗拯救曹冲计划"已走出第一步,之后就要随机应变,一边等时空器充满电,一边寻找华佗了。

可是,他们走不了啦!

因为吃完饭闲坐喝茶时,小岚禁不住小可爱曹冲的请求,给他讲了一个孙悟空大闹天宫的故事。没想到让曹冲和他的兄弟们全都迷上了那只古灵精怪的猴子,从少年曹彰到两岁的曹小弟,大的叫小的哭,声音震天,就是不让小岚走。

小岚和晓晴晓星多次想"突围",终告无效,只好一脸无奈败下阵来。

结果由司空大人曹操亲自出马挽留,希望小岚三人留下来,让他们在司空府小住一些日子,满足那二十多个"求故事若渴"的小家伙。

禁不住那大大小小几十只眼睛眼巴巴地看着,小岚只好点头答应了。

晓星和晓晴巴不得留下,住司空府和住那个小客栈,简直不可同日而语啊!

第10章
本是同根生，相煎何太急？

　　三个小客人被安排到海棠客院住下，这个客院有十多间房间，小岚本来主张每人住一间、互不干扰的，只是晓晴一个人住着一个大房间很害怕，硬是缠着和小岚住了同一间。

　　躺在旁边的晓晴已经发出轻轻的鼾声，但小岚却睡不着。穿越来汉朝末年的第一天，就认识了这时期最有名的人物曹操，见到了小神童曹冲、大才子曹植，还有三国著名谋士郭嘉，人生真是奇妙啊！

　　月辉从窗外照进来，给房间洒上了一片白，小岚睡不着，便起身悄悄走出了房间。

本是同根生，相煎何太急？

沿着一条花间小径走出去，便是司空府的主干路，路上没有一个行人，相信人们大都安睡了。可以见到月色下错落有致的亭台楼阁、小桥流水，十分好看。

忽然小岚看到路中间有小小的一团，一动不动的，好像是只小动物。

小岚向来胆子大，何况这么小的动物相信也不可怕，于是她轻手轻脚走了过去。

那小小的一团动了动，小岚吓了一跳，停下脚步。却看到那小小的一团突然直立，向自己扑过来。

小岚本能地想一脚踢过去，幸好关键时刻发现那原来是个小孩子，及时收脚，才没酿成伤人事件。

"小岚姐姐！"随着一声叫，小岚才知道那小小的一团竟然是个小孩子！

"七公子，是你？！"小岚一把扶住扑过来的人。

"小岚姐姐！"曹冲搂住小岚，把小脑袋埋在她怀里。

小岚把曹冲打量了一下，发现他手里还提着一个食盒："这么晚了去哪？干吗蹲在路中间？"

"我在厨房偷偷拿了些吃的，打算给二哥送去。他一天没吃东西，一定饿坏了。"曹冲把头埋在小岚怀里，说话声音有点发抖，"可是……"

小曹冲其实是心里害怕。路上好静好黑啊,还时不时从草丛中窸窸窣窣跑出一只什么小动物,头上扑棱棱地飞起几只小鸟,还有不知是什么怪鸟发出十分恐怖的叫声,吓得他蹲下来缩作一团,不敢再走了。

小岚无语地摸着曹冲的小脑袋,聪明又自恋的小屁孩儿,你也有害怕的时候吗!

"小岚姐姐,你陪我一起去好不好?"曹冲有点不好意思地扭了扭身子。

"好吧!"小岚拍了拍曹冲的小脑袋,又接过他手上的食盒。

"谢谢小岚姐姐!"曹冲高兴得眼睛弯弯、嘴角上翘。

小岚一手提着食盒,一手拉着曹冲,在曹冲指点下七拐八弯的,走了十来分钟,前面终于出现了那座孤零零竖立着的曹氏祠堂。曹冲高兴得小声欢呼一下,拉着小岚的手跑了过去。

到了祠堂门口,小岚把食盒递给曹冲,说:"我不方便进去,在门口等你吧!"

在古代,女子是不能进祠堂的,小岚要尊重这年代的风俗习惯。

"谢谢小岚姐姐!"曹冲接过小岚手上的食盒,推开祠

本是同根生，相煎何太急？

堂的大门，迫不及待地喊了起来，"二哥，冲儿来了！"

祠堂很大，一个孤独的身影，面向一个个祖先牌位跪着。听到喊声，他缓缓地扭过头来。

也许是跪了一天，又没吃东西，在昏暗的灯光下，曹丕显得脸色灰白，十分憔悴。

"七弟，你、你回来了！"曹丕眼睛瞬间睁大了，脸上的神情不断变换着。

先是吃惊，接着是失望和不甘，但最后又好像有点如释重负。

"二哥二哥，这是你爱吃的烤鸡腿，还有芝麻胡饼。快吃快吃！"曹冲打开食盒，从里面拿出一只鸡腿，塞到曹丕手里。

曹丕愣愣地看着曹冲。

"吃呀吃呀，二哥一定饿坏了。都是冲儿不好，冲儿走失了让二哥受罚。"曹冲很自责。

曹丕吸了吸鼻子，张嘴咬了一大口鸡腿，快速地咀嚼起来。一天没吃东西，他显然是饿极了。

"水。"曹冲体贴地递给他一杯水。

曹丕接过大口喝起来，"咳咳咳！"

大概是喝得太猛，他呛着了。

曹冲急忙用小手给他轻轻拍着背:"二哥慢慢喝,别呛着了。呵,乖!"

曹丕喉咙哽咽了一下,眼泪哗地流了出来。

这是后悔和自责的泪水。原来曹丕算计曹冲已经不止一次了,除了这次故意把他丢在市集,先前的掉落荷花池,也是曹丕做的手脚。

"二哥,你哭了?"曹冲惶惑极了,"二哥,你不要哭,你哭冲儿也会难过的。呜……"

"七弟,是二哥不好,哥哥对不起你!"曹丕一把抱住曹冲,抱得紧紧的,哽咽着说。

两兄弟竟抱头痛哭。

过了一会儿,曹丕放开曹冲,见他圆圆的小脸蛋哭成了小花脸,忍不住噗地笑了起来,又掏出手帕替他擦眼泪。

"我也给哥哥擦。"曹冲拿出自己的小手帕,擦着曹丕脸上的泪水。两兄弟你给我擦,我给你擦,场面感人。

弟弟可爱的小脸,温暖的小手,触动了曹丕心底那一块柔软的地方,他很后悔自己之前所做的一切。

世子之位难道真的那么重要吗?它比得上亲情重要吗?

曹丕心里百转千回,他暗暗警告自己,今后一定不可本是同根生，相煎何太急？

再有害曹冲之心。

小小的单纯的曹冲，可一点儿都不知道面前的哥哥瞬间想了那么多，他只是仰着小脸，眼睛弯弯的，细心地给哥哥擦着眼泪。

小岚靠在门口的一棵大树上，静静地看着里面发生的一切，心想，就算是铁石心肠，都会被曹冲这样一个贴心小天使融化掉吧！

曹丕的确饿了，他吃完鸡腿，又吃了四个饼子，喝了很多水，这才意犹未尽地擦了擦嘴。

这时，他突然发现了门外的小岚。

"你是谁？！"他圆睁双眼，喊道。

果然不愧是未来的魏文帝，那一声喊还挺有气势的呢！

小岚还没开口，曹冲就说："她是小岚姐姐！"

见曹丕一脸的狐疑，曹冲又解释说："我在市集上被两个拐卖儿童的骗子抓了，是小岚姐姐给我解的围。"

"拐卖儿童的骗子？冲儿遇上拐子佬了？"曹丕吃惊地看着曹冲。

"嗯嗯嗯。拐子佬很可怕。"曹冲扁扁嘴，心有余悸。

曹丕脑海涌现出被拐卖小孩儿的惨状，不禁出了一身冷汗。他朝小岚点点头，感激地说："真是太感谢你了！"

小岚若有所指地说:"不用谢。这么善良可爱的孩子,相信谁也不忍心让他受伤害的。"

曹丕没作声,只是用力把曹冲抱了抱,然后说:"回去睡觉吧,路上小心。"

曹冲很担心地说:"二哥,你一个人在这里,会不会害怕?我留下来陪你吧!"

曹丕眼里露出脉脉温情,说:"二哥不害怕,二哥是大人了,没问题的。你回去吧!"

曹冲很崇拜地望着曹丕:"二哥真厉害。我长大了,也要和二哥一样勇敢。"

曹丕面有愧色,他提上食盒,拉着曹冲走到大门口,对小岚说:"我弟弟就拜托小岚姑娘带回去了,曹丕在此谢过。"

小岚笑笑说:"举手之劳,不用谢!"

小岚心想,不管原来历史上曹冲的死是不是曹丕造成的,但现在的曹丕,相信再也没有加害曹冲之心了。

第 11 章
小岚牌水果冰

小岚和晓晴晓星在司空府住了下来,日子过得忙碌而快乐。

他们有时出去到处走走,看看大汉朝的山山水水,领略一下一千多年前的风土民情,或者去照顾那些难民。

曹操这人还是说话算数的,第二天他就让郭嘉领着两名有经验的家臣,开始运作难民基金会。一边找人捐钱,一边开始了对难民的援助。首先做了几件事,一是组织人力去乞丐村修补千疮百孔的破房子,二是在乞丐村旁边又盖了很多结实的草房子,给露宿街头的难民居住。三是设立粥厂,每天定时向难民们派吃的,让他们不再饿死街头。

见到乞丐村的房子不再透风漏雨,市集上的那些难民有了栖身之地,流浪儿童也有了东西下肚,小岚和晓晴晓星都很高兴。

考虑到难民基金不可能长期投放大量资金,也想给一些还有工作能力的人就业机会,自己养活自己,小岚给郭嘉提了个建议,让难民做些力所能及的能卖钱的手工艺品。郭嘉觉得可行,就让难民上山砍竹子编竹器,或者买材料回来绣花、编小手工艺品等,交给开店的商人寄卖。这样下来,效果还挺好的,难民们有了目标,干劲很足,有手巧的难民,赚的钱已足够应付日常吃的用的,再也不用基金会接济了。

晚上,曹家的公子们放学回家,小岚他们又成了孩子王。小家伙们一个个到海棠客院的小院子排排坐、听故事。

连那几个害羞的曹家小姑娘,也都按捺不住好奇,羞羞答答地躲在树丛后面偷听。

最高兴的还是曹操那些夫人们,往常晚上都是她们最头痛的时候,那些精力充沛又无处安放的小子们,总是爬树的爬树,打架的打架,弄得司空府鸡飞狗跳、没得安宁。

自从小岚他们来了之后,妈妈们再也不用担心儿子们闯祸了。看着他们安安静静地坐着,前所未有的乖巧听话,

妈妈们可高兴了，悠哉悠哉地坐在树荫底下，一边欣慰地看着小子们的乖模样，一边也加入了故事迷的队伍。

以至曹操后来从外面回家时，常常看不见那群一向风雨不误候在门口迎接他的夫人们的踪影。寻到海棠客院时，才看见那大大小小乖乖坐着听故事的和谐场面，看得曹操甚是欣慰，一改往日一家之长的严肃，摸着胡子笑得像个弥勒佛似的。

小岚也挺无奈的，可爱的曹先生曹太太们，八成是把她当成幼儿园教师了。

没想到"苦难"还在后头，不几天就开始放暑假了。每年天气最酷热的日子，私塾都会放一段时间的假，免得学生们烈日下上学放学，不小心中了暑。

司空府那些上学的孩子不用上学了，练武艺的少年们也暂时不用去练兵场训练了，这让小家伙们特别高兴，因为他们可以一整天地赖着小岚了。

小岚一个头两个大，没想到穿越时空来到汉末，让一帮小家伙给缠上了。

这天的天气特别热，虽然坐在花园的树荫下，身边有小丫鬟拿着扇子扇风，但还是热得人满头大汗。

小岚很快就讲到口干舌燥了，看着那些渴望的眼神，不忍心停下，于是叫晓星接力，因为晓星也看过西游记。晓晴没看过，所以帮不上忙。

晓星一开始还满得意的，看着孩子中仰着小脸专注地听故事的曹冲曹植，心里那个美呀！给古代的神童和大才子讲故事，试问有谁拥有过这样神奇的经历呀？要不是不能告诉现代的人，那足够自己吹上十年八年的牛皮了！

可是酷热的天，在没有空调的古代，真是难受呀！晓星很快也觉得嗓子发哑浑身难受了。

"好，下面休息一下，等会儿再讲故事。"小岚拍拍手，宣布休息。

"哎哟，刚听到精彩的地方。"

"休息多久呀，我想继续听呢！"

"是呀是呀，我不喜欢休息。"

"小岚姐姐，只休息一下下，又再讲故事，好吗？"

故事迷们不乐意了，妈妈们也优雅地点着头，赞同孩子们的话。

小岚想，不行，这会把自己和晓星累死的，得想个办法转移他们的注意力。

这时晓星在一旁，边擦汗边埋怨说："该死的古代，没有空调，也没有汽水没有冰激凌……"

"冰激凌？"小岚灵机一动，有了！

现代小屁孩儿夏天喜欢冷冻饮品，相信古代孩子也不例外，一下把重点转移。

小岚问曹彰："三公子，你们家有冰吗？"

曹彰点头说："有啊，在冰窖。"

小岚大喜，说："你叫人拿些冰块出来，砸成小冰粒。然后找些水果，也切成粒。再拿些羊奶来。"

曹彰有点莫名其妙："啊，用来干什么？"

小岚眨眨眼睛，说："做好吃的！"

"啊！"少年将军眼睛一亮，还从来没听过用冰粒做吃的呢！他赶紧吩咐下人，按小岚说的准备东西。

晓星知道小岚想做什么，嘴里已经开始流口水了，他问："小岚姐姐，怎么不拿牛奶？羊奶有些腥。"

小岚说："谁不知道牛奶最合适。但现在牛奶还没作为健康饮品普遍使用呢！一般人都是喝羊奶的。"

很快，就有一帮侍卫送来了一小桶冰粒，一大盆水果粒，一大壶羊奶。等侍卫按吩咐把一只只小碗放在石桌上后，小岚便开始炮制美食了。往每只小碗里放一勺冰粒，一勺水果，又把壶里的羊奶倒进碗里……

"哇，好漂亮！"

小岚牌水果冰

"姐姐,这是什么?"

"这是吃的吗?"

孩子们大热天看到凉飕飕的冰,又看到红红绿绿的水果粒,都惊喜地围了过来。

小岚拍拍手,说:"这是好吃又解渴的消暑食品——水果冰,大家不用客气。"

眼馋的小家伙们一拥而上,每人拿了一碗。

"哇,好好吃哟!"

孩子们吃得好快乐,从来没吃过这么好吃的东西啊!就连妈妈们也不再矜持,忍不住让丫鬟替她们每人拿了一碗。

孩子们每人吃了几碗还要吃,小岚怕他们吃多了不好,让侍卫把东西拿走了。

妈妈们也意犹未尽,但她们也知道这生冷的东西吃多了不好,为安抚一众小豆丁,便由卞夫人宣布,水果冰从今天起纳入曹府的每日食谱里,赢得一阵热烈的欢呼。

晚上,孝顺的小曹冲跑去厨房,把自己偷偷藏起来的一碗水果冰,拿去书房给曹操吃。曹操正在书房看书,见到曹冲,马上眉开眼笑:"冲儿,怎么还没睡?"

曹冲从丫鬟托着的托盘里拿了一碗水果冰,献宝似地

端到曹操的面前："父亲，这是小岚姐姐发明的水果冰，好好吃哦！父亲快尝尝。"

水果冰还没吃，曹操心里就已经一片舒畅，儿子有好东西，会惦记着给父亲吃呢！

"哈哈哈，好好好，谢谢冲儿！"曹操开心地端起水果冰，先欣赏了一下那多彩、晶莹的卖相，然后用勺子吃了一大口，"不错不错，好吃好吃！"

站在一边盯着父亲反应的曹冲听了，高兴得眼睛弯弯的："父亲喜欢，冲儿每天给您做。"

曹操甚是欣慰："好，谢谢冲儿了！"

曹操乐呵呵地摸摸儿子的脑袋。这几天他心情都挺好的，因为每天回到家，都发现以往总是闹哄哄令人头痛的家变成和谐社会了。儿子们不打架了，一帮夫人也不钩心斗角玩"宫斗"了，他们有了许多共同话题，常常在一起交流对那只猴子还有猴子的师父唐僧的喜爱与担心，不知他们还要经历多少劫难，还要打退多少妖精，最后到底有没有取到真经。

曹操觉得自己留下了小岚是多么明智。

第 12 章
小神童复杂的感情世界

吱吱的鸟叫声,把小岚吵醒了,她看了看身旁的晓晴,晓晴还在蒙头大睡。

一连几天,都有迫不及待想听故事的小家伙,天没亮就跑来海棠客院使劲敲门,大叫"小岚姐姐讲故事喽"。弄得小岚每天这个时候就醒了,一边躺在床上不想起来,一边紧张兮兮地等待那砰砰的敲门声。

但今天,怎么这么安静?

一直到太阳晒进来,看样子已是早上七点多钟了,但是外面还是静悄悄的。小岚觉得也该起床了,于是拍了拍晓晴的肩膀:"喂,起床了!"

"又来拍门了吗？困死了，都不让人多睡一会儿。"晓晴擦擦眼睛，不满地嘟哝着。

小岚起了床，一边穿袜子一边说："今天没有人来拍门。现在七点多了，快起来吧！"

"呵……"晓晴伸直双手伸了个懒腰，"太阳从西边出来了，小屁孩儿们竟然不来骚扰。机会难得，我再睡一会儿。"

"懒虫！"小岚也没理她，自顾自去洗漱。

梳洗好走出来，见到晓星已经坐在大厅里吃早饭了。

"小岚姐姐快来吃早餐，春梅刚送来的。"

春梅是曹操派来侍候他们几个的小丫鬟，年纪跟晓星差不多大。

汉代的老百姓一般只吃两顿饭，朝食，即早餐；哺食，即晚饭。但有钱人家就会安排一日三餐或四餐。司空府就吃三餐，跟现代人一样。

晓星正盘着腿坐在地上，面前一个矮矮的茶几，上面放着他们三个人的早餐。汉代以跪坐为标准坐姿，跪坐其实挺辛苦的，不习惯的人，一会儿双脚就会发麻，站也站不起来。所以在没有其他人的时候，他们几个都是盘腿坐着。

"没想到汉朝的食物还挺好吃的。"晓星一手拿着饼子，一手拿着一串肉，吃得满嘴是油。

司空府的早餐的确丰富，一般都有几种不同味道不同做法的饼子，有水果，还有水果冰。自从小岚把水果冰介绍到司空府后，不论大小都爱上了这种夏日消暑食品。

小岚坐到茶几前，拿起一个饼子咬了一口，点点头说："嗯，不错。"

很多人以为现代才会有那么丰富的食物，但其实汉代的食物已经多种多样了。单单面制品一项，就有用水煮的"汤饼"，用笼蒸的"蒸饼"，用火烤的"炉饼"。其中，"汤饼"有豚皮饼、细环饼、截饼、鸡鸭子饼、煮饼等；"蒸饼"有白饼、蝎饼等；"炉饼"有烧饼、胡饼、髓饼等。

小岚曾听自己的考古专家妈妈说过，他们在湖北江陵凤凰山汉墓出土文物的考察中，还发现了竹笼里盛着的米糕呢！不过，小岚来到后还没吃过，有可能只是属于某一个地方的食品。

另外，汉代的水果也很多，比如说桃、李、梅、杏、枣，还有汉武帝时张骞从丝绸之路带回来的葡萄、石榴、无花果等。

哈哈哈，小读者看到这里该流口水了吧！

两个人吃完早餐，晓晴才睡眼惺忪地起了床，小岚和晓星也没等她，两人出去散步了。

回到三国的公主

小岚一向有早上跑步的习惯,只是来到这古代之后就没再坚持了。一来衣服繁复又累赘,跑起来实在不方便。二来,在这将近两千年前的古代,对女孩子有很多限制,走路快点都认为是不守规矩,何况跑步?让这年代的人看到了,相信连眼珠子都会掉出来。还是入"境"随俗算了。

在门口见到恭敬地站着等吩咐的春梅,小岚说:"春梅,怎么不见公子们?"

春梅笑着说:"回小岚姑娘。听说是司空大人发话,说过两天要考他们功课,所以一个个都在用功呢!"

原来是这样!小岚哈哈一笑,好啦,这帮小家伙起码有几天不会来缠她了。

走不远有个小花园,见到曹冲坐在一块大石头上,膝盖上明明放着一本书,但眼睛却看向了别的地方。他两手托着腮帮,皱着小眉头,不知在想什么。

"小冲冲,怎么不好好看书,在发什么呆?"小岚走近,笑嘻嘻地问道。

曹冲吓了一跳,埋怨说:"哇,小岚姐姐,你把我吓着了。"

"在想什么呀?"小岚坐到曹冲身边。

"小岚姐姐好,晓星哥哥好。"曹冲跟小岚和晓星打了招呼,又一脸惆怅地说,"我在想,究竟将来是娶玉妹妹好呢，还是娶云姐姐好呢。"

"哈哈哈……"小岚和晓星马上笑喷了。

这么个小不点儿，就开始想娶妻结婚了。

晓星凑过来逗他："那你喜欢玉妹妹多一点，还是喜欢云姐姐多一点？"

曹冲眨眨眼睛，皱皱小鼻子，显得很纠结："差不多喜欢。"

晓星给他出主意说："这样好了。你继续和玉妹妹、云姐姐玩，了解她们多些，然后再决定选谁。"

曹冲鼓鼓小腮帮，委委屈屈地说："可是，玉妹妹说，要是我再跟云姐姐玩她就不理睬我了。云姐姐也不许我跟玉妹妹玩，只许我跟她一个人玩。怎么办呢？"

"啊！"小岚和晓星都傻了，小神童的感情生活真凌乱啊！

小岚和晓星挠头没主意之时，曹操身边的侍卫找来了："七公子，司空大人让我带话给你。"

"父亲说什么？"曹冲一听，马上把个人感情放在一边，坐正身子，问道。

侍卫说："刚刚有人献了一只五彩羽毛的山鸡给司空大人，大人想看山鸡开屏跳舞，便把山鸡带到偏厅，放了出

来。但想了很多办法,山鸡都呆呆地站着,别说是跳舞了,连动也不动一下。所以大人派我来找七公子,看有没有办法让它跳舞。"

"山鸡不肯开屏?"曹冲眨了眨眼睛,又用小手指在头顶笃了几下,"哎,有了,你让父亲在山鸡面前放一面大铜镜。山鸡以为大铜镜中的自己是另一只山鸡,想要比美,就会开屏起舞的。"

侍卫听了大喜,忙向曹冲鞠躬行礼:"谢谢七公子!我马上回禀司空大人。"

小岚悄悄跟晓星说:"这事我知道。成语'山鸡舞镜'就是出自这个故事。"

晓星喜滋滋地说:"哇,我们不但见证了曹冲称象,还见证了成语故事,我们好厉害啊!"

曹冲听到晓星最后说的那句话,问道:"晓星哥哥,你说谁很厉害?"

晓星说:"我们说你很厉害呢!"

曹冲骄傲地挺起小胸脯:"那还用说吗?我是全天下最聪明可爱的小公子哦!"

"啧啧啧。"小岚捅捅晓星,"论起自恋,你得喊他师父。"

"呜呜呜,七公子,救救我!"这时,一个十五六岁的少年，边抹眼泪边走了过来。

曹冲认得是司空府仓库的管理员，见他哭得花脸猫似的，便忍不住用小手指画着脸颊："这么大的人还哭鼻子，羞羞羞！"

管理员不好意思地抹抹眼泪，说："七公子对不起。"

曹冲又问："发生什么事了？"

"司空大人最喜欢的那个马鞍，让老鼠咬了个大洞。"管理员沮丧地说，"大人知道后一定会很生气的，说不定会杀了我呢！我不能死，我父亲去世了，家里母亲和小妹妹全靠我赚钱养活呢！"

说到这里，管理员又呜呜呜地哭了起来。

"又哭又哭，像个小孩儿似的！"曹冲说人家是小孩儿，就得扮大人了，他把两只小短手放在身后，学父亲平日那样扮成熟，"嗯，好啦好啦，看在你一片孝心的分上，我保你不死。"

"真的？"管理员马上破涕为笑，"谢谢七公子！"

曹冲又说："拿一把剪刀来。"

"是！"小管理员见曹冲肯帮他，知道不用死了，也不问这剪刀用来干什么，便兴冲冲地回去拿了。

晓晴不知什么时候跟了过来，她小声嘀咕："这小神童要剪刀干什么？"

晓星在一旁得意地说:"我就知道。我看过'曹冲智救库吏'这个故事。"

晓晴鼻子哼了哼:"看过书很了不起呀,我现在还是现场看呢!"

这时小管理员气吁吁跑回来了。曹冲对他说:"你把我身上的衣服剪几个洞。"

小管理员一听愣了:"啊,好好的衣服,干吗要剪几个洞?太暴殄天物了!"

曹冲噘起小嘴:"叫你剪你就剪嘛!看来你不但是个爱哭鬼,还是个啰唆鬼!"

"好,剪剪剪!"小管理员的手哆嗦了一下,咬咬牙,拿着剪刀去剪曹冲的那件外袍。

晓晴嘀咕说:"这小孩儿傻了吧,在好好的衣服上剪几个洞洞,什么意思?"

"燕雀安知鸿鹄之志!"晓星向来把笑话姐姐当乐事。

"你!"晓晴大怒。几乎天天都会上演的"追打大戏"又要上演了。

"喂喂,好啦好啦!"小岚拉住了晓晴,又朝晓星哼了哼,"自作聪明!燕雀安知鸿鹄之志是这样用的吗?回去查查字典!"

小神童复杂的感情世界

"哦。"晓星乖乖地应着。

那边小管理员已经把曹冲的衣服剪了五六个洞洞,曹冲说:"好了,我们现在一起去偏厅。我先进去,你在外面等着,等我发出暗号,你就进来,把老鼠咬马鞍的事禀报父亲。"

小管理员一听不禁有些害怕,声音颤抖地说:"啊,去、去见司空大人,我、我怕。"

"看,又变成胆小鬼了!没事的,信我。走吧!"曹冲神气地挺起小胸脯,他拉着小岚的手,"姐姐,我们看山鸡开屏去。"

小岚也很想亲眼看看曹冲怎么救小管理员,便点了点头:"好的。"

一行人很快来到偏厅,曹冲叫小管理员留在外面,自己和小岚还有晓晴晓星进去了。

偏厅里很热闹,除了曹操,另外还有七八个人,他们都在兴致勃勃地看着站在厅中间的一只色彩斑斓的山鸡。那只山鸡瞪着圆溜溜的眼睛,和曹操他们对峙着,羽毛收得紧紧的,一副宁死不开屏的样子。

这时,满头大汗的侍卫跑来了,他手里抱着一面大大的铜镜,问道:"大人,请问把镜子放在哪里?"

曹操说:"就放在山鸡对面吧!"

侍卫按吩咐把镜子放好。

山鸡见到铜镜,歪着头瞅了瞅,又再瞅了瞅,然后有点激动的样子,羽毛一张,竟然跳起舞来。

大厅里顿时一片欢呼声:"动了动了,跳了跳了!"

"七公子真是天才啊,竟然想到这个方法!"

"七公子厉害!"

曹操哈哈大笑。这时曹冲迈着小短腿跑了过去,窝进曹操怀里:"父亲,冲儿来了!"

"哈哈,小精灵鬼,你怎么知道山鸡看到镜子就会跳舞的?"曹操搂着儿子,眼里满是宠溺和骄傲。

曹冲嘻嘻地笑着,说:"书上说,山鸡是一种十分好胜的鸟类,它看到镜子里的自己,以为是另一只山鸡。为了向另一只山鸡示威,所以它就会张开羽毛,跳起舞,炫耀自己。"

"七公子,厉害厉害!"一片赞叹声。

曹冲却小大人似的叹了口气,抱着小苹果脸扮忧愁。

曹操慌忙问:"怎么啦?谁欺负你了?我替你揍他一顿。"

"老鼠!"曹冲委屈地说。

"老鼠！岂有此理，竟敢欺负我的天才儿子！来人哪，快把老鼠抓来，打他……咦，老鼠？！"曹操突然想起什么，他眨眨眼睛，说，"啊，你说的是老鼠？"

"是呀，父亲你看，它把我的衣服咬破了。"曹冲愤愤地说。

曹操看了看他衣服上的洞洞，满不在乎地说："算了算了，破了就破了，父亲给你买件新的。"

曹冲仰起小脸看着父亲："好好的衣服破了，你不怪我吗？"

曹操摸摸他的小脑袋，说："咬破衣服的是老鼠，又不是你，我怪你干什么？"

曹冲要的就是这句话，他高兴地搂住曹操的脖子，说："父亲大人，我真爱死你了！你真是世界上最最最英明伟大、最最最明事理的父亲。"

"哈哈哈哈……"曹操开心的笑声在偏厅回荡。

这时，曹冲吹了一下口哨。外面的小管理员听到了，赶紧跑进来，跪倒在曹操面前，说："报告司空大人，下官该死！"

曹操正被曹冲拍马屁拍得开心，便和颜悦色地问小管理员："什么事？"

小管理员胆战心惊地说:"大人,您最喜欢的那个马鞍,在仓库里,被老鼠咬破了。"

曹操大度地挥挥手,说:"算了算了,是老鼠咬的,又不是你咬的,恕你无罪。"

小管理员大喜:"谢谢司空大人,谢谢司空大人!"

曹冲朝父亲竖起大拇指:"父亲真是个大好人!"

曹冲一边哄曹操一边朝小管理员打眼色让他快走。

小管理员收到暗示,忙对曹操说:"司空大人,下官回去忙了。"

说完急急地跑了,好像后面有狼追似的。

曹操突然想起了什么,看向门口处,大怒:"啊,是马鞍破了?!我最喜欢的那个马鞍?喂,那个小子,你别跑,站住……"

曹冲赶紧把父亲的脸扳向跳舞的山鸡:"父亲大人,快跟冲儿一块儿看山鸡,哇,好好看哦!"

第 13 章
灾难悄悄来临

这天一大早,司空府就人喊马嘶的,大门口有七八辆马车等着,还有十几匹马,被马夫牵着,看上去有很多人准备出门。

原来是司空府的公子们准备出城,去西山打猎。

小岚和晓晴、晓星也受邀一起去玩。她本来打算坐马车的,但一露脸就马上遭到"哄抢",那些坐马车的小家伙都想跟她坐一辆车,好一路听故事。

"小岚姐姐,上我的车!"

"不,上我的车!"

"我要小岚姐姐跟我坐!"

"跟我坐,跟我坐!"

小岚的衣服被十几只小手拽着,一会儿被拉向左边,一会儿被拉向右边,成了拔河的那根绳子了。

幸好曹丕来解围了:"嘿嘿嘿,你们太没礼貌了!小岚姑娘骑马,不坐车,不许你们再打扰她。"

看来小家伙们还是挺怕这位哥哥的,虽然心不甘情不愿,但还是放了手,小岚这才脱了身。

曹丕把手里牵着的一匹马交给小岚:"你骑这匹吧!这马很驯良,女孩子骑正好。"

"谢谢!"小岚接过缰绳。

自从那天晚上在祠堂见过面之后,曹丕每次见到小岚都很客气。

"小岚姐姐,我跟你骑一匹马!"一个小不点儿滚了过来,原来是曹冲。

小岚不禁头痛,刚甩掉一群,又来了一个。她虽然会骑马,但从没试过带人,带着这个动静多多的小家伙,摔下来怎么办。

"七弟,你跟我骑一匹!"曹丕不由分说,伸手一捞,就把曹冲抱起来,放到自己那匹大白马上面。

曹冲嘤嘤嘤地抗议了几声,见拗不过哥哥,便只好退而求其次:"小岚姐姐,我要你和我们一起走。并排走。"

真是个小狡猾,跟小岚姐姐并排走,想边走边听故事呢!

那边晓星也分到了一匹小红马,正得意着,挥着手给小红马打招呼:"嗨,哈啰!我是晓星。"

没想到小红马瞅了他一眼,就抬头望天,一副爱理不理的样子。

"喂,小马哥,给点面子好不好?"晓星不甘心被无视,龇着大白牙,朝小红马眼前凑,"看我一眼,就一眼,我可是英俊潇洒、玉树临风的晓星公子哦!"

谁知小红马还是臭着脸,瞧也不瞧他一眼。

"喂,别敬酒不吃吃罚酒……"

噗!晓星话没说完,小红马的鼻子猛喷出一股气,直冲晓星的脸。

"哇!"晓星吓得往后躲,手里的马缰绳也脱了手。

"哈哈哈……"小屁孩儿曹冲看得开心,不禁哈哈大笑。

"哈哈哈……"一帮小家伙也跟着笑。

小红马得意地仰天长啸:"嘶——"

叫完,大摇大摆地走了。

"喂,你真的走呀?"晓星喊道。

小红马装没听到，跑进司空府去了。

晓星气得鼻子弗弗地出气："别以为没了你，我就不行！坐车比坐你更舒服！"

说完怒气冲冲地钻进了一辆马车中。

司空府长长的队伍走出城门，向西山方向走去。据说到西山的路程要一个时辰，一个时辰即现代的两小时呢！

小岚拗不过曹冲，一边走一边给他讲"猴子故事"，可是其他小公子却不依了，他们也想听啊！于是叫着喊着让车夫把马车赶到小岚身边，他们也要听故事。结果造成了汉朝末年最严重的"大塞车"。

最后还是曹丕发话，曹冲不得"独霸"小岚，要听故事，等到了西山时大家一起听。曹冲很不高兴，嘴巴都噘到天上去了，不过他到底是个讲道理的小孩儿，所以最后还是听从了哥哥的安排。

"塞车事件"解决后，一行车马继续前行，没想到，不一会儿又看到前面路上堵了一大帮人。

"哈哈，又塞车了！"唯恐天下不乱的淘气小公子们纷纷跳下车，钻到人群中瞧热闹。

主干道旁有一条分岔路，从分岔路直入是一个村庄，一队手拿武器的士兵守在路口，不许任何人进去。而那一大帮人，就是想进村子，因为进不了所以在抗议，看上去群情激愤的。

"我们是王村的人，我们要回家，为什么拦住不许进？"

"是呀，为什么不许我们回家？"

"你们太野蛮了……"

"兵大哥求求你了，我家三个小孩儿等我带东西回去给他们吃呢，他们一定饿坏了，让我进去吧！"

"我娘病着，我买了药打算回家给娘煲药的……"

闹哄哄的，看上去足有百多人，把大路都堵住了。

曹丕见了不由得大皱眉头，他喊来一个侍卫，正想叫他去打听一下发生了什么事，却见到那条小路有人骑马跑了出来。

那人军官打扮，脸部用一块白布蒙得严严密密的，只露出一双眼睛，看上去有点诡异。

"吵什么吵！"军官粗声粗气地大喝一声，"你们想死吗？王村发现了天花！为避免疫情扩散，我们奉命封锁这个村，不许进不许出。"

"天花？！"小岚大吃一惊。

脑海里电光火石般，记起以前看过的一份资料。汉朝时，一群俘虏从印度再经越南，把天花病毒带来了中国，引起

一场大疫症,死了很多人……

真没想到,竟让自己碰上了。

病毒是人类最大的敌人。而在病毒排行中,让人类最为恐惧的,那就是天花了。

天花是一种传染性疾病,在医疗技术简陋的古时候,患上天花简直就等于宣告了死亡。天花的传染性极强,只要一个人患上天花,那整个村子的人都会被感染,直到村子变成死城。天花病毒对人体危害极大,严重的患者在三到五天的时间内就会死亡。根据历史资料统计,全世界曾有三亿人口死在了天花病毒上。

这时,堵在村口的那群人哭闹起来了。

"天哪,我娘在里面呢!不知道她有没有染病。"

"我的儿啊,我的心肝宝贝啊,你不能病啊……呜呜呜……"

"我不怕死,让我进去吧,我爹八十岁了,他不能一个人在家,我得去伺候他!"

"我也不怕!我全家都在里面,死也死在一块儿!让我进去!"

"我也要进去……"

人们哭着喊着推挤着。

"一个人也不准进去！谁敢前进一步，斩！"那军官大喝一声，"士兵们，给我守着，谁敢进去，格杀勿论！"

人们不敢再冲，只是全都放声大哭。

"天花病蔓延很快，不让你们进去，是为你们好，别不识好人心。你们放心吧，村子里的人会得到妥善安排和照顾的。有病的人会隔离开来，没染病的会让他们留在安全的地方，不让他们受感染。你们暂时不能进村，就近投亲靠友吧！到疫情得到控制，官府会张贴告示，让你们回来的。"那军官还算耐心，说完又提醒村民，"附近的文村和周村，都发现了天花病例，所以大家投靠亲友时，一定要先了解情况，不要误入疫区。"

村民们听了，不再哭闹。他们知道官府这样做是为了不让更多人患病，要是再吵闹的话，就是不识抬举了。

虽然担心留在村子里的家人，内心无比焦虑，但人们都听从军官的劝说，纷纷散去，各自找临时栖身的地方去了。

也有一部分实在放心不下家人的，不肯离开。他们不再言语，只是眼巴巴地看着村庄，希望从那一片死寂的房子里，看到自己安然无恙的亲人。

小岚心里好难受，这场天花，还不知会夺去多少人的性命呢！她想了想，对曹丕说："二公子，为安全起见，咱

们不要去打猎了,赶快回去吧!"

天花疫症主要经呼吸道黏膜侵入人体,通过飞沫吸入或直接接触而传染,传播很快。王村出现天花,文村和周村也出现天花病例,赶快回司空府是最好选择。

"好,马上回去!"曹丕认同小岚意见。

曹丕这时才发现有弟弟溜了下来,跟那群不知有没有染病的村民混在一起,吓得大声喊来一群司空府侍卫:"赶快把公子们带回车里,马上掉头,回府!"

一群侍卫像抓犯人一样,也不管那些不知死的小好奇肯不肯走,抱起就往马车上塞。车队像逃难一样,匆匆忙忙掉头回司空府了。

途中碰到了骑马赶来的司空府大管家和两名侍卫,大管家一见曹丕,便喊道:"二公子,碰到你们真是太好了!"

大管家满面通红,想是跑得急了,气喘吁吁,他又说:"刚接到朝廷通知,多处出现天花病。司空大人和几位夫人都急死了,大人让我马上来通知你们,叫你们马上返家。"

第 14 章
话说天花

大队人马折返司空府,离大门口还远远的便感到浓浓的紧张气氛。曹操和夫人们,还有一大群侍卫、丫鬟,站在大门口,伸长脖子眺望,见到车队行来,便都慌忙迎了上去。

"一、二、三、四……"曹操点着儿子们的人数,见到一个不少,这才满意地点点头,"没事就好,没事就好!"

而他的夫人们就紧张多了,把自己生的孩子拉到身边,一个个从头看到尾,差点连头发都扒开看看,见到眼睛鼻子嘴巴一样没少才放了心。

孩子们并不知道天花的可怕,还为不能去打猎不开心,

一个个在自己母亲面前撒娇,身子扭得像麻花似的。夫人们好言好语,应下许多条件,才把他们劝回自己屋子。

小岚告诉夫人们,最好让小公子们马上换下身上衣物,用热水洗澡,防止把天花病毒带回来。

小岚和晓晴晓星回到了居住的海棠客院,也赶紧叫小丫鬟烧水,让他们洗澡,换洗衣服。

晓星想起那些村民恐惧的样子,问道:"小岚姐姐,天花真的很可怕吗?"

小岚点了点头,一脸的担忧:"很可怕。天花又名痘疮,患者一开始会浑身寒冷、发高烧、全身无力,还有头痛、四肢及腰背部酸痛,体温急剧升高时可出现抽搐、昏迷。发病三至四天后出现皮疹,之后发展成疱疹、脓疱。天花来势凶猛,发展迅速,死亡率高达百分之三十,侥幸没死的身上脸上也会留下终身存在的凹陷疮痕,看上去十分恐怖。"

"啊!"晓晴和晓星吓坏了。

晓晴情不自禁地用手捂脸:"我不要我不要!一脸的小坑洞,不就变成丑八怪了吗。"

晓星也很害怕:"太吓人了!妈呀,千万别染上这种病,要不英俊潇洒玉树临风的晓星公子就完蛋了。"

话说天花

小岚朝他们扔了两记眼刀:"灾难面前,能保住生命就好了,还那么多计较!"

晓星忧心忡忡地问道:"小岚姐姐,天花有办法治愈吗?"

小岚回答说:"在我们生活的年代当然有,但在古时候对天花还真是束手无策。中国历史上首次成功治愈天花的,有一种说法是唐代名医孙思邈,他用取自天花口疮中的脓液,敷在皮肤上用来预防天花。另一种说法说是首例治愈天花发生在宋真宗时代,那时有个叫王旦的宰相,他一连生了几个子女,不幸都死于天花。待到晚年时他又得了一个儿子,取名王素。王旦担心这个儿子再得天花,于是找来许多著名医师,商议防治痘疮的方法。其中一位四川峨眉山神医,用天花患者身上的痘疮弄成干粉,吹进王素的鼻孔里,结果王素一直没有感染天花。之后中国民间一直有用种人痘方法治天花,一六八八年,俄国还特地派了人来中国学习治天花方法呢!随后治天花的方法又传到韩国、日本、英国等国家。"

晓晴想了想,提出疑问:"咦,我怎么记得好像有一种说法,发明种痘防治天花的是一个英国人,叫……叫什么华?糟糕,忘了。"

"英国医生爱德华·詹纳。"小岚说。

晓晴一拍大腿:"对对对,就是这个名字。"

晓星有点糊涂:"啊?那发明治天花方法的,究竟是中国人还是英国人?"

小岚说:"我想应该是这样的,中国古人发明的是人痘治天花,英国医生受了人痘治天花的启发,发展到了牛痘治天花。人痘疫苗是从天花病人身上取脓物接种给未感染的人们,让他们产生免疫能力。可是,这种方法存在较大风险,虽然救了很多人,但也让小部分本来正常的人感染天花而死亡。而牛痘治天花,就是让牛感染天花病,再用病牛身上的痘疮制成疫苗,这么做的好处在于疫苗的来源广,而且牛痘毒性小,比种植人痘要安全得多。因为这种方法具有较高的安全系数,所以之后人们一直使用这种牛痘疫苗,注射到人的上臂外侧,以抵抗天花的侵袭。直到1980年5月,世界卫生组织宣布根除天花为止。"

"哦,原来是这样。"晓星眼睛一亮,"那是不是说,牛痘疫苗可以医治天花患者?"

小岚说:"准确地说,是牛痘疫苗可以预防天花病毒,但对那些已经受到感染的病人,就没有作用了。"

晓晴很兴奋:"那也不错啊,起码可以防止天花疫症继续蔓延,保护还没染上天花的人。"

晓星跳了起来:"那我们还等什么,赶快去找曹伯伯,告诉他医治天花的方法。"

"别着急,我们先商量一下。"小岚一把拉住晓星,让他坐下,"牛痘疫苗要经过提取,然后注射到人体内,但我们现在没有相关的仪器设备,所以无法用这种方法。我们只能用最原始的方式,直接在牛的感染疮口上采集天花病毒,让没有病的人感染上,然后产生免疫力。"

"小岚小岚,这样恐怕有问题。"晓晴皱着眉头,显得很担心,"第一,英国人的牛痘法之所以能让大多数人接受,是因为已经有中国及其他国家的人痘成功例子。但现在的人对这种方法闻所未闻,恐怕很难接受。故意让好好的一个人染病,想想都可怕呀!第二,正如你刚才说的,原始的种痘方法并不完美,也有可能让健康的人染病死亡。万一有人在接种牛痘后患病,甚至死亡,那我们就成了凶手了。"

小岚叹了口气,说:"是呀,我也觉得这事实行起来并不容易,但不管怎样都要试试。曹伯伯是皇帝之下最有说话权力的人,如果能说服他,事情就成功了一半。"

晓星迫不及待地说:"好,我们马上去找曹伯伯!"

晓晴拉住他说:"你刚才没看见吗,曹伯伯上了一辆马车出去了。他说要进宫去跟皇帝和其他大臣商量,看如何对付这场天花疫症呢!我还听见他告诉卞夫人说可能很晚才能回府,不必等他吃饭。"

小岚说:"好,那我们明天一早再去找曹伯伯吧!"

睡了不安稳的一觉,小岚首先醒了,晓晴见小岚翻身,也爬了起来:"唉,我昨晚睡得糟糕透了,做了很多噩梦,其中还梦到我们三个人都染上天花了,脸上长满痘痘,难看死了!"

小岚拍了她一下:"自己吓自己!你如果再睡不好,那脸上就真会长痘痘了。"

两个人起床梳洗毕,走到大厅时见到晓星揉着眼睛从外面走进来。一见到两个姐姐,就诉苦说:"唉,昨晚一直睡不好,老是做噩梦,还梦到我们全都染上天花了,脸上痘痘一颗颗,好难看!"

"喂,谁让你做跟我一样的梦!"晓晴是个刁蛮女,晚上睡不好,已经一肚子的不高兴,所以没事找事,对弟弟怒目而视。

晓星瞠目结舌地看着晓晴,果然是如假包换的刁蛮姐姐啊,对付她只能"以暴易暴""以蛮斗蛮",于是回击说:

"这梦是我刚躺下一会儿就开始做的，肯定是我的梦在前，你的梦在后。我还没说你抄袭我的梦呢！"

晓晴怒气冲冲地说："我躺下几秒钟就做了，肯定在你之前！"

晓星不甘心又说："我躺下一秒钟就……"

小岚摇摇头，也不管那两个无聊人，自个儿坐下吃早饭了。

晓晴和晓星拌了一会儿嘴，肚子饿了，便你哼了我一声，我哼了你一声，偃旗息鼓坐下吃东西。

三个人吃完早饭，便去找曹操，他们在这儿住了一小段日子，知道曹操习惯一大早去书房看书。

一路上，见到原先热热闹闹的司空府，变得异常安静，除了巡逻的侍卫，竟然见不到其他人。要知道，往常总有几个曹家的公子哥儿爬树打仗捉迷藏、揍狗撵猫抓小鸟，上蹿下跳玩得忘乎所以。

走不多远碰到侍卫队长，他朝小岚三人行了个礼，说："几位小姐公子，请你们马上回到海棠客院，尽量别出来。"

"啊，为什么？"晓星不解地问。

侍卫队长说："半夜里侍候十公子的丫鬟发烧了，身上还长了红疹，曹大人连夜从宫中请了御医来，确诊是天花。"

"有丫鬟染了天花？！"小岚和晓晴晓星大吃一惊，异口同声叫起来。

"是呀！昨天回来时，十公子还和那小丫鬟同坐一辆车呢！司空大人非常担心，让御医大人留下来，密切留意着公子们的情况。曹大人让我们告知大家，府中各人没什么事不要走出自己住的地方，免得互相传染。"侍卫大叔说着，看了看小岚三个人，"所以，你们也别到处走了，回去吧！"

小岚说："我们有事找司空大人，他在书房吗？"

侍卫队长点点头说："在的。我刚刚在大人的院子巡逻，看到他在窗前写东西。"

小岚跟侍卫队长道别，带着晓晴晓星往书房走去。

离书房还有一段路，便有侍卫拦住去路，说："司空大人正忙，不想有人打扰。"

小岚说："我们有要紧事找司空大人。"

侍卫听了忙说："好的，请你们稍等，我去禀告大人。"

不一会儿，侍卫出来了，他说："请跟我来，司空大人请你们进去。"

小岚跟在侍卫后面，走到曹操的房门口，听到曹操喊了一声："进来！"三人便走进了书房。

曹操正在书案前埋头写着什么，见小岚三人进来，才抬起头，放下笔。小岚发现，曹操原先很威严也有点小帅的脸，此时十分憔悴，眼睛下面有个乌青的大眼袋，好像一夜没睡的样子。

曹操打量了一下小岚他们几个，问道："有什么事找我？"

小岚上前一步，说："得知曹伯伯为天花一事焦虑，特地来献预防天花古方。"

曹操眼睛一亮，急忙问道："什么古方，快说来听听。"

因为怕曹操追问这方法的来源，小岚不得不编了个故事："我和晓晴晓星逃难时，在一座山上碰到一位白胡子神医，从他那里，知道了一个对付天花的方法。"

"真的？！"曹操腾地站了起来，圆睁双眼，又惊又喜，"真的有对付天花的方法？快说快说！"

小岚说："可以找来一些染了天花的牛，在它们的感染疮口上采集脓液，然后在人身上割道小伤口，将脓液涂在小伤口上，让没有病的人感染上。这样会让人身上产生对付天花的抗体，从而有了对天花病毒的免疫能力。"

曹操越听眉头皱得越紧，一脸的不可理喻，好一会儿才说："你是说，防天花的方法，就是让好端端的人先染上天花？"

小岚知道曹操一时接受不了,忙解释说:"染上的只是轻微的天花。为什么要这样做呢,就是因为轻微的病毒进入人体后,会激发人的免疫系统产生免疫物质,由此对再次感染起到了预防的作用,减少了感染发病的可能性。"

"免疫系统?免疫物质?这是什么东西?"曹操对这些现代名词十分费解,"大凡遇上疫症,人人都会躲得远远的,唯恐染上。而按你说的方法,竟然是先让没病的人染上天花,这实在太匪夷所思。"

小岚恳切地说:"既然老神医这样说,必定有他的理由。而且老神医说,他曾经用这种方法让不少人避过疫症,平安无事。"

曹操摇摇头,说:"我昨晚跟大臣们,还有太医院的御医们,讨论怎样对付这场疫症,商量了一天一夜,但都没能拿出有效方法。御医们都是国内最优秀的大夫,要是民间真有这种可行的防治方法,他们肯定会知道,也一定会提出来。他们没提出来,就证明这方法不可行,或者甚至闻所未闻。依我看,根本就是那个所谓神医胡言乱语,骗你们小孩子的。"

小岚着急地说:"曹伯伯,不会的,那位老神医绝对不是骗子,他说的是真的。反正现在也没有别的方法,为什么不试试呢？万一可行的话，就救了千千万万人了。"

曹操挥挥手，说："好了，你们回去吧！我急着修改太医院送上来的疫症应急方案，没时间跟你们再聊了。我知道你们一片好心，只是你们还小，让那野医给骗了。回去吧，别再出来乱逛，保护好自己。去吧去吧！"

曹操说完，又坐回书案前，埋头写字。

看样子没法说服曹操了，小岚只好怏怏地拉着晓晴晓星离开了。

一路走着，小岚想了想，说："我们总不能什么也不做，任由疫症蔓延，咱们出去走走，看看情况再想办法。"

可是，他们在司空府大门口被拦住了，守门的侍卫说，司空大人下了命令，不许府里任何人出外。如果有违反，就惩罚侍卫。

想到自己强行出府会连累侍卫们，小岚他们只好回到海棠客院。

第 15 章
向猪看齐的晓晴

  小岚和晓晴晓星被困在海棠客院，一连三天都只能待在房间里，顶多就是在院子里踢踢毽子，下下棋。

  期间郭嘉来过。从郭嘉嘴里，知道外面疫症在不断蔓延，城外多个村都有人染病，很多人流浪在外、无家可归，很多人被困在村子里，每天在恐惧中度过。更可怕的是，染病的人越来越多，死的人也越来越多。

  城里因为采取措施比较早，染病个案远少于城外的村庄，但民心已经十分动荡不安，大部分商铺已经关门，酒楼食肆也冷冷清清，大街上行人寥寥无几。

  虽然官府一再贴安民告示，强调城里染病的人不多，疫症被控制在一定范围内，但也无法赶走人们心中的恐惧。现在是不多，但如果继续蔓延呢？要知道这种病是很容易传染的啊！

司空府的防范措施已经比外面做得好，但情况也不乐观，除了十公子院里那小丫鬟已经发病之外，还有负责打扫的两名仆人也出现了天花症状，府里人人自危。

郭嘉一再叮嘱小岚他们注意防疫，没事不要离开院子，然后就离开了。郭嘉走后，小岚爬上了院子里一棵大树，看着视野中静悄悄一片死寂的司空府，心里有了主意。她砰地从树上跳了下来，对坐在树下发呆的晓晴晓星说："不能再等下去了，明明有办法，却只能眼巴巴看着疫情越来越严重。我想过了，我得用事实说服曹伯伯。我想出去找患了天花的牛，在它们身上的痘疮里拿到病毒。然后由我来做试验，把病毒抹到身上，如果我不得病，就能说服曹伯伯。曹伯伯相信了，就会大力推动种牛痘，就能救很多人。"

"不行！不能让你以身试毒！"晓晴和晓星几乎同时喊出声。

这怎么可以？！古法种牛痘不是百分百成功，要是出了问题怎么办？

小岚严肃地说:"我知道你们是为我好。但是,难道我们就什么也不做,眼睁睁地任由疫症扩散,任由千千万万人丧失生命吗?办法虽然不尽善尽美,但的确能救人,救得一个是一个。"

晓星点点头,然后胸脯一挺,坚决地说:"好,我同意。不过,要做试验,也应该由我来做,我是男孩子,我应该有这样的担当。"

晓晴咬咬牙,说:"不,我来吧!我是姐姐,小岚还比我小呢,我有责任爱护弟弟妹妹!"

看着晓晴和晓星抢着要在自己身上做试验,小岚很感动,她也不想再耽误时间,便打算先安抚好他们,反正到时自己先下手为强,他们也阻止不了。于是小岚说:"好好好,我答应。不过,我们现在还是抓紧时间,先去找患了天花的牛,取得病毒再说。"

"好,赞成!"晓晴和晓星异口同声说。

正在这时,听到门外有人喊:"天下最聪明可爱的冲儿来啦!"

随着话音,一个小不点儿跑了进来:"哥哥姐姐好!"

"你怎么跑出来了?"小岚皱着眉头看着小曹冲。

"嘘……"曹冲小手指搁在嘴边,又鬼鬼祟祟地看了看外面，把院子门关上，"我是偷偷跑出来的，这些日子可把我闷死了，我想听姐姐讲故事。"

小岚眼珠骨碌碌转了转，说："没问题，等会儿就讲。不过，小冲冲，你先告诉我，这附近哪里有牛？"

"牛？"小曹冲想了想，"是不是头上长着两只角，眼睛很圆很圆，身体很大很大，尾巴一甩一甩赶小飞虫的傻大个儿？"

小家伙姿势助说话，用小胖手在头上比喻牛角，又把眼睛瞪得大大的表示牛眼睛，然后小屁股一扭一扭地模仿牛甩尾巴。

"嗯嗯嗯！"小岚伸出大拇指表示全对，又问，"快告诉姐姐，哪里有这种傻大个儿？"

"我想想看！"曹冲扳着小手指，一边回忆一边说，"我家没有，玉妹妹家没有，云姐姐家也没有，海哥哥家没有，龙伯伯家没有，王爷爷家也没有……"

"好啦好啦，你只需告诉我哪里有就行。"见小曹冲扳着指头大有一直数下去的意思，小岚赶紧打断他。

"哦。"小曹冲又扳指头，"我在董叔叔家的农庄里见过两头，在司徒伯伯家的农庄里见过一头，在洪大哥家的农庄里见过两头……噢，小岚姐姐，洪大哥家有两头牛病了，

身上长了好多脓疮,好可怜啊!"

"脓疮?"小岚一听脑海里便涌出"天花"两个字,急忙追问道,"洪大哥家的庄子在哪里?"

"在……"曹冲用小手指在头上笃笃笃敲了几下,"在我们家大门口往左转,坐马车半个时辰就到。"

曹冲说完,又抱住小岚:"姐姐,讲故事!"

这时院子外面有人喊道:"小岚姑娘,请问七公子在不在?"

曹冲一听慌忙说:"说我不在。"然后就蹬蹬蹬地跑进了小岚的房间,躲了起来。

晓星跑去开了门。门外站着曹冲的两名丫鬟,一个圆圆脸,一个尖尖脸,她们都急得快哭了。圆脸丫鬟说:"晓星公子,七公子来了你们这里吧,请叫他出来好吗?司空大人说过不让出院门的,七公子偷跑出来,如果司空大人知道,我们会挨打的。"

尖脸丫鬟在旁边猛点头:"是呀是呀,麻烦你请七公子出来,跟我们回去。"

小岚不想让小丫鬟难做,就大声喊道:"小冲冲,别躲了,赶快出来吧!你也不想让两个丫鬟姐姐被惩罚是不是?"

"出来就出来嘛,想来听故事也不行,真令人烦恼!"曹冲嘀嘀咕咕的,一脸的不情愿。不过他是个善良孩子,不想让照顾他的人受罚,所以还是乖乖地走出来了。

曹冲一走,小岚又拉着晓晴晓星商量出府找牛的事。

晓星挠挠头,说:"大门口有侍卫守着呢,咱们出不去,怎么办?"

小岚说:"我刚才在树上观察过,出了海棠客院,往左走四五十米就是围墙,翻过围墙,就出了司空府了。"

晓晴噘起嘴,为难地说:"那围墙呀,有两米多高呢!我这么淑女的人,怎么爬得上去。"

小岚瞪了她一眼:"想办法就行。围墙旁边有棵大树,我们可以先爬到树上,然后再跳到外面去。"

晓晴眨眨眼睛:"我不会爬树啊!"

"唉,女孩子就是麻烦!"晓星不耐烦地说,"可以这样吗,等会儿我和小岚姐姐先爬上树,然后用绳子,把你像猪一样拉上树……"

晓晴生气地要打晓星:"说话好听一点好不好!像猪一样拉上树,我有哪一点像猪!"

晓星赶紧避过姐姐的拳头,扮个鬼脸说:"你不知道吗?

你越来越胖了,有向猪看齐的趋向。"

晓晴气得跳了起来:"你才向猪看齐!"

"喂喂喂,别闹了!"小岚没好气地看着这对前世冤家似的姐弟,"咱们赶快出去找病牛,时间不等人。"

"哦!"晓晴和晓星乖乖地答应着。

第 16 章
怕你被牛欺负

晓晴果然是被晓星和小岚像拉死猪一样拉上树,又像扔死猪一样被扔到围墙外面的。幸亏围墙外面堆着一大堆干草,要不晓晴很有可能成为"死猪"。

"出了大门往左拐……"小岚站在围墙外面看了看方位,指着一个方向说,"嘿,那就是小曹冲说的洪大哥家农庄的方向。"

"哪里有马车呢?"晓星东张西望,路上别说是马车,连个人影都没有。

小岚朝路上看了看,说:"总不能在这里瞎等,没车我们就走着去。"

晓晴苦着脸说:"不行,我不能走路了,谁叫你们刚才把我扔地上了,屁屁还痛着呢!"

正说着,忽然听到沙沙沙的车轮滚动声,哈,真是太幸运了,大路那头不就来了一辆马车吗。小岚赶紧拉着晓晴晓星跑到路中间,挥手叫停。

赶车的是一个壮实的中年大叔,见到有人拦车,慌忙"吁"地喊了一声,勒住马缰绳,把马车停了下来。

"大叔,载我们一段路好吗?"晓星笑得一脸乖巧地对赶车大叔说。

赶车大叔看看是三个未成年的孩子,就说:"上来吧!"

"谢谢大叔!"三个人高高兴兴地上了车。

赶车大叔问道:"现在天花流行,你们几个小孩儿怎么还到处走,好多村子都有人染病呢!我是因为被主人派去买粮食,才出来的。"

小岚说:"我们有要紧事。大叔,你知道有个农庄,庄主是姓洪的吗?"

"洪家农庄?"赶车大叔想了想,"有啊,那庄子里养了很多猪和牛,我之前曾经送主人去过那里,主人还向他们买了一头猪呢!"

小岚三个人互相交换了一下惊喜的目光,没想到这么顺利就打听到洪家农庄的具体位置。

晓星大声说:"大叔,您可以送我们去洪家农庄吗?"

赶车大叔很爽快:"可以。我去买粮食就经过那里,大叔就送你们一程。"

"谢谢大叔!"大家都异口同声地感谢好心的大叔。

一路上,碰到一群群逃难的人,他们拖儿带女的,都是想远离疫区,投靠别处亲友,免得染上天花的。大人叫,孩子哭,混乱非常。小岚几个人见了,心里难受得不要不要的。

马车在路上走了大约半个时辰,赶车大叔大喊一声"吁——",把马喊停了。大叔用马鞭指指旁边一条小路,说:"你们顺着这条小路上去,就是洪家农庄。"

"谢谢大叔!"

和大叔告别后,小岚三个人沿着那条弯弯曲曲的小路,往上走去,走不多远,就到了洪家农庄。

走近时,发现被一道长长的围墙环绕着的农庄静悄悄的,大门也关得紧紧的。

三个人环绕着围墙走了一圈,没见到人,也没听到里面有声音。小岚走着走着停住了,她看了看墙角一个土堆,说:"我试试从这里上去,看能不能翻到围墙里面。"

回到三国的公主

说完她退后十几步,然后起跑,跑上土堆。她灵巧地伸手抓住围墙顶部,使劲一撑,双腿往上一缩,整个人就站到了围墙上。

"小岚姐姐好身手!"晓星高兴得拍起手来。

"嘘……"小岚提醒晓星别出声,然后拨开前面一些树枝,朝农庄里看了看,说,"没有人。你们上来吧!"

小岚对晓星说:"你蹲下,让晓晴站你肩膀上,我再将她拉上来。"

晓星满脸嫌弃地看了看晓晴,无奈地蹲了下去。晓晴双手扒着墙身,猛地站到他肩膀上。晓星哇了一声:"姐姐,你真要减肥了,你好重!"

晓晴最不高兴别人说她胖说她重,气狠狠地说:"再说我一脚踹死你!"

晓星身子故意抖啊抖的,说:"踹呀,踹呀!我支撑不住,遭殃的是你。"

晓晴到底没敢踹晓星,骂骂咧咧地,伸手让小岚把自己拉上去了。

很快,小岚也把晓星拉上了墙头。

看看还是没有人出现,小岚带头,三个人跳下了围墙。

没想到这时候却听到有脚步声传来,幸好墙根下那棵树的树干很粗大,三人赶紧藏到树后面。

只见两个头发花白的老伯伯走了过来,一个说:"我明明听到有声音,怎么没有人?"

另一个说:"那是你自己耳朵有毛病,所以疑神疑鬼的。我们庄子的牛得了天花,主人们都跑得远远的,只留下我们两个看庄子。天花那么可怕,有谁敢来呀?"

之前说话的那个说:"你耳朵才有毛病!我明明是听到声音的。是你老眼昏花,没看到有人吧!主人说了,要是让人跑了进来,就扣我们一年的工钱。"

另一个又说:"看,这不是鬼影也没一个吗?走吧走吧,我们还是回去守着大门好了。"

两个老人斗着嘴,唠唠叨叨地走了。

看着两位老人家慢慢走远,晓星拍拍身上的尘土,带头从树后面走了出来,得意地说:"哈哈,看来连老天爷都在帮我们。你们看,一开始就顺利地拦到马车,接着就顺利地来到洪家农庄,哈哈,没想到洪家农庄里只留下两个眼又蒙耳又聋的老人家,那我们就是横着走也没问题了。"

小岚看了看周围环境,说:"这农庄挺大的,要找到牛栏还得费点时间。赶快做事吧!"

三个人在农庄里走了一圈,后来还是听到牛叫声,才

找到了用木栅栏围着的牛栏。

"别走那么近。"小岚拦住晓晴和晓星,又指指不远处的一片草地,"你们拔些草来。"

晓晴晓星拔了草回来,见到小岚已经戴上自制的口罩和手套,正在把一件长袍套在身上。

晓星看了看牛栏里的两头牛,说:"小岚姐姐,我也跟你进牛栏去,免得你被牛欺负了。"

"不用,我就做了一套防护装备。"小岚说,"你们在外面等着,我一个人行了。"

"小岚,那你小心。"晓晴知道小岚个性,决定的事绝不会改。

"行,没事的。"小岚边说边抱起一把青草,往牛栏走去。

牛栏里有两头牛,它们无精打采地耷拉着脑袋,尾巴时不时甩几下,驱赶着那些叮在身上的小飞虫。见到有人走近,它们一双大大的牛眼瞅了瞅,又懒洋洋地低下头。它们的脚上、胸前长了很多痘疮,都已经化了脓,黄黄的,无疑是患了天花。

"难看死了!"小岚觉得挺恶心的。

小岚不管胆子多么大,但始终是个爱美爱干净的女孩子,见到这样的情景,也想离得远远的。只是为了扑灭天花,

怕你被牛欺负

硬着头皮也得上了。

她努力让自己的手不发抖,拉开牛栏的门,走了进去。其中一头牛见了,哞地叫了一声,把她吓了一跳。警惕地看了看那两头牛,发现它们只是定定地看着她手里的草,才放了心。

"小心!"晓晴和晓星听到牛叫,都吓了一跳,不约而同地叫道。

"没事!"小岚把手里的青草扔向两头牛。牛见到青草,便低下头吃了起来。

小岚拿出事先准备好的一个瓶子,还有一根竹片,趁着牛低下头吃草,她悄悄地走近了其中一头牛。

牛身上的脓疮好恶心啊,小岚不敢细看,她屏住呼吸,用竹片飞快地从脓疮上刮下一点黄黄的东西,放进瓶子里,又小心地把瓶子盖好,然后快步走出了牛栏。

小岚转身把木栅栏门关上,又朝前面跑了十几步,这才停了下来,大口大口地呼气、吸气。啊,差点憋死了!

"小岚姐姐!"晓星跑过来。

"离我远点!"小岚制止晓星跑近。

她脱下口罩和手套、外袍,用小刀在泥地上挖了个洞埋了进去,又从井里打上来一桶水,把自己的手和脸,反

正是露出来的地方都洗了好多遍,才又拿出一块布,把装有脓疮液的瓶子包了一层又一层,然后揣在身上。

她走向晓晴晓星:"成功了,咱们走吧!"

"耶!"三人击掌庆祝。

三人又爬墙出了农庄,在路边等了一会儿,根本没有车子路过,只好走着回司空府。一路上,晓晴仍心有余悸:"小岚,我真是太佩服太佩服你了,这样恶心的事情都敢做。"

晓晴这么一提起,小岚不由得想起病牛身上的脓疮和臭气,喉咙发闷,差点吐了出来。

回到司空府后,小岚第一件事就是叫丫鬟烧了很多开水,他们三个人都洗了个热水澡,身上衣服全部用开水消过毒。

不怕一万,就怕万一,千万别把病毒带回司空府了。

第 17 章
想念炸鸡和汉堡包

　　天花疫症蔓延，已遍布多个城市和村庄，随着感染的人数和死亡的人数增多，整个中原大地一片恐慌。还有一些坏人趁机扰乱社会，不良商人抬高物价发横财……造成整个社会秩序混乱、一片萧条。

　　这天曹操上朝，听了大臣们报告的许多不利消息，又和大臣们商讨了半天，但仍未商量出对付天花的方法，只好闷闷不乐地回府了。

　　刚坐下不久，侍卫来报："大人，小岚姑娘他们要见您。"

　　曹操用手按按发痛的太阳穴，心里正烦恼，本不想见，但想想他们是自己宝贝儿子的救命恩人，不可以怠慢，便说：

"让他们进来吧。"

小岚和晓晴晓星走了进来,三人朝曹操行礼。

曹操一脸疲惫,有点心不在焉地问道:"有什么事吗?"

小岚说:"曹伯伯,闻得天花疫情严重,我想防治一事绝不能再拖延了。再次恳请伯伯采纳牛痘防治天花方法,以免越来越多人染病。"

曹操摇摇头:"你说的方法不可行,我怕会让更多人染病。"

"曹伯伯,刚才我们已经偷偷出府,拿到了病牛身上带有天花病毒的痘疮脓液,只要试试,就知道是不是有作用。"小岚从衣袋里拿出瓶子,说,"曹伯伯,我愿意在自己身上试验,把牛痘病毒抹在身上伤口,以供观察。如果我没有事,请曹伯伯将这方法推广开去,以救万民!"

晓星上前一步,站到小岚身边,说:"我也愿意在自己身上试验!"

晓晴本来极为害怕那些黄黄的脓液,但见到小岚和晓星都这么坚决,鼓了鼓勇气,也站到小岚身边:"还有我!"

"你们……"曹操吃惊地看着面前三个孩子,心里掀起滔天巨浪。

自己好好的却不惜染上致命疫病,只为了救治那些素不相识的人,这可不是很多人能做到的,何况他们还是未

想念炸鸡和汉堡包

成年的孩子呢!

牛痘防治法匪夷所思,曹操绝不认同,更不会在全国推广,但此时此刻,他动摇了。目光从小岚身上,转到晓星身上,又从晓星身上,落到晓晴身上,飘忽的眼神,透露出他心里的纠结。

小岚不想他再犹豫下去说:"救灾如救火,曹伯伯,请您为我们的试验作证。"

她把瓶子放在案桌上,又拿出一把小刀,然后咬了咬牙,

就向手上划去。

"住手!"曹操大喊一声,一把握住小岚拿刀的手,他一脸怒气,"要试验,也不能让你们小孩子来试!"

他从小岚手里夺过刀子,扔到地上。

"把瓶子给我。"曹操伸出手。

"哦。"小岚乖乖地把瓶子递了过去。

曹操说:"你们先回海棠客院,这事由我来处理。我会找几个死囚,在他们身上试验。"

曹操盘算过了,死囚是犯了死罪的人,拿他们做试验,万一失败了,也只是死了几个该死的人。如果不死的话,就赦免他们吧,算是为抗击天花作出了贡献,将功赎罪。

"曹伯伯,谢谢您相信我们。我替天下万民谢谢您!"小岚朝曹操鞠了个躬。

"试验过程会有什么情况出现?"曹操问,"怎样才算是成功?"

"种上病毒后,会有发烧、头晕、身上长红点等反应,跟患了天花的症状一样,但程度远比天花患者轻,而且不会致命。几日后症状全消,那时试验者身上便有了天花抗体,这一辈子再也不会染上天花了。"小岚详细告诉曹操。

"嗯,我马上找人做试验。你们先回去吧!"

曹操看着他们的背影，嘀咕着："用病毒来防毒，真是天方夜谭。唉，我怎么就答应了这几个小家伙呢！这事得悄悄进行，要是不成功，我会被骂死的。"

这时小岚突然转身，把曹操吓了一跳。小岚说："曹伯伯，我还有个提议。"

"什么提议？"曹操一脸的警惕，心想这小家伙别又生出其他什么古怪想法吧！

小岚说："我听神医伯伯说，民间有位名叫华佗的大夫，医术很了不起。曹伯伯能不能派人找到他，看看他有没有办法医治已经患了天花的病人。"

曹操想了想，说："华佗？这人名字我也听过。好的，我马上派人去找。"

"谢谢曹伯伯。"小岚转身，拉着晓晴晓星走出了曹操的书房。

身后，听到曹操大喊："来人！"

一名侍卫恭恭敬敬地问道："司空大人，有什么吩咐？"

曹操说："帮我把大牢主管请来。"

侍卫说："是，大人！"

小岚松了口气，牛痘防治天花一事，这回终于见了曙光。终于说服了曹操，大家都心情大好。只希望做试验的

事顺顺利利,那就有希望扑灭这场要命的天花了。

要是寻找神医华佗的事也顺利,就更理想了。

"小岚姐姐,我知道你是借着治天花的名义,让曹伯伯寻找神医华佗,好让他将来救小曹冲的吧!"晓星以一副"我好聪明,夸我吧"的样子,笑嘻嘻地说。

"不止。"小岚得意地说,"找到华佗,好处可多了。第一,神医华佗是中国历史上数一数二的名医,扑灭天花这场战斗,有了神医华佗,一定能救活更多人。第二,历史上神医华佗是被曹操杀的,我要让华佗在这次扑灭天花的行动中立功,那将来华佗不管是因为什么原因得罪了曹伯伯,曹伯伯也得看在他立了大功的份上,不会杀他。那这位中国历史著名的神医就不会枉死了。第三,这点你猜对了,就是想制造机会,请神医华佗和曹操父子认识,建立良好关系,如果能成为朋友就更好。那曹冲日后一旦生病,得到华佗医治的机会就会大增。"

"小岚姐姐厉害!"晓星笑嘻嘻地竖起大拇指,说,"如果能尽快扑灭这场疫症,又顺利委托华佗照看小曹冲,那我们来这里一趟就很圆满了,可以回家了。"

晓星说着咂咂嘴巴,口水快流出来的样子:"好想念我的炸鸡和汉堡包啊!为什么这年代就没有这些东西呢!"

第18章
遇见神医华佗

"怎么曹伯伯还没有好消息传来。"小岚在花园里一边走一边嘀咕着。

这几天小岚哪里都不敢去,一直待在海棠客院里。毕竟接触过病牛,虽然过程很小心,回来后又消过毒,染上病毒的可能性很小,但小岚仍然很谨慎。

现在离接触病牛的时间已超过五天,已可以肯定自己没有感染天花病毒,于是小岚再也憋不住,和晓晴晓星悄悄地从海棠客院跑了出来,在司空府里闲逛。

"没有消息就是好消息,一切会好起来的。"晓晴心情很好,她对小岚做的事一向都是信心满满的。

"来了这古代一趟,救了很多很多的人,哇,救死扶伤,我们太伟大了!"晓星春风满脸的。小岚姐姐说牛痘可以防治天花就一定可以,他一点儿都没有怀疑过。

没收到正式消息之前,小岚心里到底还有点儿忐忑,想了想又说:"不知道曹伯伯有没有找到华佗神医。如果华佗在,天花一定会更快远离我们。"

晓晴见小岚很看重华佗,便问道:"华佗的故事我知道得不多,他真的很厉害吗?"

小岚点点头说:"当然。中国古代十大名医,华佗排第二位,你说他是不是很厉害?"

"小岚姐姐,我想听华佗的故事!"小岚走着走着发现自己走不动了,原来被人抱住了双腿。

"小冲冲!怎么又偷跑出来了,小冲冲不乖。"晓星说。

"你不也跑了出来吗?你也不乖!"曹冲振振有词。

"呃!"晓星傻了。

"哈哈哈……"见到一向伶牙俐齿的晓星,被五岁小屁孩儿噎得没话可说,小岚和晓晴忍不住大笑起来。

曹冲龇着小白牙,挺着小胸脯,得意扬扬地笑着。又拉着小岚:"讲故事讲故事!"

小岚看着小曹冲,眼珠转转,计上心来,好吧,那就未雨绸缪,先让小曹冲成为华佗的"粉丝"吧。便说:"好好好,我就跟你讲讲神医华佗的故事。"

一行人坐在小树林中那片绿茵茵的草地上。

小岚说:"华佗医术高明,治好过无数人。他跟其他大夫不同的地方,是有时根本不用吃药就能治好病人。"

"哇,好厉害!治病不用吃药,那太好了,我以后生病了也要找华佗治,我最怕吃苦药了。"曹冲眼睛一亮。

小岚朝他竖起大拇指,鼓励地说:"小冲冲真聪明!你千万要记住,以后生病了,就找华佗神医。"

"嗯嗯嗯!"曹冲使劲点头。

"真乖!"小岚满意地点点头,真没想到,自己一下子就让曹冲成了华佗的小迷弟。

小岚继续讲着:"究竟华佗是怎样不用药就把病人治好的呢?话说有一次,有个大官得了重病,找来华佗医治。华佗经过对病人望、闻、问、切之后,悄悄跟大官的儿子说了一会儿话,也没有留下药方就走了。大官以为华佗嫌诊金少,便让人送了很多贵重礼物给华佗。没想到华佗收了礼,不但不给开药方,还回了一封信,信里针对大官身上的缺点,把大官辱骂了一顿,把大官气得吐血了,血全是黑色的。但令人没想到的是,之后大官的身体反而渐渐

好了。这时，大官的儿子才对父亲说出真相。原来，华佗来看病那天，跟大官的儿子说：'你父亲身体里积了很多淤血，得想办法让他大发雷霆，吐出淤血，病才会好。'大官的儿子十分烦恼：'这事好难啊！'华佗说：'不难。你把你父亲的缺点告诉我，我给他写封信，针对他的缺点大骂他一顿。他肯定很生气，这一生气，就会将淤血吐出来。'大官的儿子半信半疑，但没其他办法也只好照做了，没想到这方法真的把大官的病治好了。大官和他的家人知道事情的真相后，感慨万分，无不赞叹华佗医术高明。"

"哇，真是神医啊！"小曹冲对华佗佩服得简直五体投地。

"好听，再讲，再讲！"曹冲拉着小岚的手，撒着娇。

"好好好，再讲一个。"小岚接着说，"华佗治病，不墨守成规，而是根据病人的不同情况，去对症下药。有一次，有一个姓倪的病人和一个姓李的病人，都是因为头痛发热找华佗治病。华佗给姓倪的病人吃泻药，却给姓李的病人吃发汗药。别人问他这是什么道理，华佗回答说，姓倪的病人是'伤食'，即因为饮食过量、生冷不均、杂食相克而导致食物滞纳在胃里，不能消化致使脾胃功能减退而出现腹胀腹痛，吞吐不适的病症；而姓李的病人是'外感'，因为外来的刺激，感受风寒等导致的疾病，所以治法不能一样。而事实证明，华佗用不同的医治方法，把两名病人都治好了……"

小岚正说着，突然听到什么地方传来"哼"的一声。

正听得入迷的曹冲和晓晴晓星也听到了。晓星站了起来，大声说："谁？"

但放眼附近，却一个人都没有。

是听错了？但没理由四个人全听错。孩子们面面相觑。

这时，又听到一声："哼哼。"

咦，声音发自头顶！曹冲小孩子眼睛最尖，他指着离他们五六米远的一棵树，喊了一声："树上有人！"

"哼哼哼。"随着几下哼哼，那棵树上跳下来一个人。

竟然是一个五十多岁的胡子伯伯。不过他从树上跳下来时，那敏捷的身手，真不像一个老人。

"你是谁？"晓星摆出李小龙的功夫动作，警惕地盯着胡子伯伯。

"我是这里的客人。"

"我们在讲神医华佗的故事，你哼哼是什么意思？不许你对神医不敬！"晓星已经把华佗视为超级偶像了，他不允许有人表现出轻蔑。

"敬与不敬是我自己的事,跟你小娃娃有什么关系?"胡子伯伯用手摸摸胡子,不慌不忙地说。

"华佗救治万民,人人都要尊敬他。对于不尊敬他的人,我跟他没完!"晓星气呼呼地说。

"晓星,不可对老人家没礼貌。"小岚对晓星说完,又向胡子伯伯道歉,"小孩子不懂事,请原谅。"

其实,小岚觉得自己已经猜到这位伯伯的身份了。

胡子伯伯对晓星说:"臭小子,看看人家女孩子,多有礼貌。"

晓星不服气,还想说什么,被小岚狠狠瞪了一眼。

小岚向胡子伯伯鞠了一躬,说:"不知可不可以喊您一声华佗伯伯?"

"啊!"胡子伯伯愣了愣,然后摸摸胡子,说,"你怎么知道的?"

小岚得意地说:"猜的。"

晓星在旁边早傻了:"啊?您就是神医华佗?"

伯伯哈哈大笑:"没错,我是华佗。今天刚刚来到都城行医,在城门口就被人拦住了,说是曹司空大人有请,就把我送到了司空府。司空大人外出还没回来,我等得无聊来花园闲逛,没想到听到你在讲我的事。"

遇见神医华佗

晓星拉着华佗的手:"原来您真是神医伯伯,伯伯,对不起,我刚才不知是您。"

华佗笑呵呵地说:"没事,刚才逗你们呢!"

"神医伯伯,您好啊,我是曹冲。"曹冲抱住华佗的大腿,仰着头笑眯眯地望着华佗。

"曹冲?哦,你就是那个称象的小神童曹冲呀!"华佗高兴地说。

"是的是的。嘻嘻。"曹冲兴奋得翘了翘小尾巴,又说,"伯伯,我喜欢您,我们做朋友吧!"

"呵呵,为什么这样想跟我交朋友呀?"

"因为找您看病不用喝苦苦的药呀,我最怕喝苦药了。"曹冲的小脸马上皱成一团,大概是想起了喝过的苦药,"我想以后生病都请您来治。可以吗?"

"好好好,我就跟你做朋友,以后负责替你治病。"华佗笑得很慈祥,显然他很喜欢这个可爱的小神童。

小岚也很开心,她终于让华佗和曹冲接上关系了,有了曹冲的友谊,曹操要杀华佗也得手下留情,而有了华佗,曹冲就不用在将来那场大病中夭折了。

这时候,见到有一帮人急急忙忙朝这边走来,带头的好像是曹操。

曹冲吓得赶紧躲到小岚后面:"不好了,父亲来抓我了!他们是怎么发现我不在房间里睡觉的呢?我用衣服在被子里做了有人的样子,他们是怎样看出来的呢?"

第 19 章
是谁献出了天花药方?

"成功了,成功了!"曹操远远就大喊起来。

"曹伯伯,牛痘试验成功了?"小岚一听大喜。

曹操走近时,朝小岚作了一揖,喜气洋洋地说:"小岚姑娘,你立大功了!我们找了两个死囚,在他们手上割了个小伤口,涂上牛痘的脓液。除了第一、二天他们有发低烧外,之后就跟没事人一样了,我又把他们带去疫情最严重的王村,让他们跟天花病人住在一起,过了两天,他们仍生龙活虎的。我已经让太医署全面推行种牛痘预防染天花,相信疫情可以很快被控制。"

"什么?!你们说什么?找到防天花的方法了?"华佗

在一旁大喊一声，双眼睁得圆溜溜的。

曹操吓了一跳，这才发现有个陌生人："你是……"

跟着曹操的侍卫队长忙说："司空大人，这位就是您让我们寻找的神医华佗，今天守城门的士兵发现他之后，就把他送来了。"

华佗听见面前的就是曹司空曹大人，急忙行礼，接着又着急地问道："刚才听大人说已经找到防治天花的方法，不知是不是真的？"

曹操大笑说："当然是真的。今天真是双喜临门啊，试验成功了，又找到了你这位神医，相信天花病不日便会被消灭。"

"怎么回事？用的是什么方法？"华佗迫不及待追问曹操。

曹操朝后面一位中年人招招手，说："太医令，你给华神医介绍一下有关情况。"

"是，大人。"太医令朝曹操拱拱手，然后把有关用牛痘在死囚身上做的试验告诉了华佗。

华佗听了，高兴得像个小孩子似的，一边拍手一边说："太好了，真是太好了，司空大人，没想到天花这么难治的病，也被你找到了预防方法，大人真是功德无量、造福万民啊！

是谁献出了天花药方？

请受草民一拜！"

华佗说着，就要朝曹操下跪，曹操紧紧扶住他，说："神医谢错人了。告诉我这个方法的，是小岚姑娘。"

"哦，那我就拜小岚姑娘。"华佗转身朝小岚又想跪。

"噢噢噢！"小岚吓得赶紧跑开，"不是我，不是我，这方法是听一位白胡子神医说的。"

华佗急忙问："哪里的神医？叫什么名字？我得找他去学本领。"

小岚摇摇头说："我们是在逃难途中碰到他的。他没留下名字。"

华佗十分惋惜："那太可惜了。"

曹冲见华佗惋惜得捶胸顿足的，忙从小岚后面露出小脑袋，安慰说："华佗伯伯，您不必惋惜，您已经是大神医了，不用再学了。"

曹操这才发现了曹冲，不由得圆睁双眼，作出一副凶恶样子："臭小子，怎么又跑出来了，赶快回去！"

"嘻嘻，嘻嘻，冲儿最喜欢父亲了，父亲别生气哦！"曹冲跑过去抱住曹操大腿，嬉皮笑脸的。

"臭小子，别以为我不知道。昨天，你还跑去小十的院子门口，探头探脑的。小十的丫鬟患了天花，会传染的，

你太不听话了。"曹操说着生气地朝曹冲后脑勺拍了一下。

"嘤嘤嘤……父亲干吗打我头,我可是全天下最聪明可爱的小公子啊,打傻了怎么办!"曹冲捂着脑袋,一脸埋怨地看着父亲。

"你……"曹操看着古灵精怪的儿子,哭笑不得。

"哈哈哈哈……"华佗在一旁不眨眼地盯着曹冲看,笑得合不拢嘴。

小岚和晓晴、晓星喜滋滋地交换眼色,老神医爱上小"粉丝",以后小"粉丝"生病再也不用担心了。

接下来,就要看华佗怎样在这场扑灭天花的行动中立大功了。

太医令见到曹操两父子大眼看小眼的,忙去解围,对曹操说:"司空大人,等会儿有人来司空府,给府上人等接种牛痘,请您安排一下。"

曹操皱皱眉头,说:"太医署人手不多,还是让他们先去疫症最严重的地方接种吧,我这里可以慢一步。"

太医令说:"我们已经发动了所有民间大夫一起参与,人手足够。而且司空大人府上发现天花病人,这种情况我们是优先处理的。"

"发动民间大夫?做得好!"曹操点点头,接着又说,"那

好,我马上安排人手,配合你们。"

这时华佗朝曹操作了一揖,说:"司空大人,我想参与太医署的行动,到天花患者最多的地方去,一来学习牛痘接种的方法,二来看看患者情况,看能不能帮助他们。"

曹操点点头说:"好,我正有此意。牛痘接种只能预防不能治病,上万名已受到感染的天花病人,就拜托华大夫想办法救他们一命了。"

华佗又朝曹操作了一揖,说:"我会尽力,希望不负司空大人所托。"

曹操匆匆走了,对这场疫症,他还有很多事要安排。华佗留下来等太医署的人,跟他们一起替司空府的人接种牛痘,然后再跟着去另一个疫区。

趁着太医令跟华佗说着什么,小岚悄悄地拿出一张纸,交给晓星,又在他耳边吩咐了几句。

晓星"嗯"了一声,然后走到华佗身边,煞有介事地指着天上大声说:"喔,你们快看,那是什么?!"

在场的人听了,以为天上有什么特别的东西,都抬头仰望。晓星趁机把小岚给他的那张纸,塞到了华佗身上挎着的布袋里。

等到人们发现天上什么也没有,全都狐疑地看向晓星

是谁献出了天花药方？

时,晓星装模作样地比画着:"鸟,一只好大好大的鸟,呼一声飞过了!"

"嗤!"晓星收到了许多白眼。

晚上,劳累了一天的华佗回到司空府,在曹操特意安排给他的小院里休息。想起白天见到的许多天花患者,因为没法医治而奄奄一息,想起曹操的嘱托,他怎么也睡不着。于是起了床,点亮小油灯,从布袋里取出过往的行医记录,希望能找到治天花的办法。

布袋里掉出了一张纸。华佗捡起一看,不禁有点奇怪,这不是自己的东西,怎么会在自己的布袋里呢?

华佗细看起来,只见上面写着十多种中药名称,像是一个中药处方——穿山甲、防风、赤芍、白芷、当归尾、天花粉、金银花、甘草、陈皮……

华佗越看眼睛睁得越圆,待看完最后一味药,竟情不自禁地大叫一声:"好方,好方!"

真是山重水复疑无路,柳暗花明又一村啊,自己冥思苦想、绞尽脑汁都拿不出来的治天花处方,竟然就在眼前。这药方配搭合理,同时抗炎、解热、镇痛,简直是治天花的不二选择!华佗迫不及待地拿起笔,细细斟酌,在每种中药后面添上了合适的药量,一个完美的治天花良方在他

笔下诞生了。

写完后,他喊了一声:"来人!"

门外有人应了一声,一个年轻人走了进来,他是曹操派来照顾华佗的。华佗说:"请带我去见曹司空,有紧急事情禀报。"

"好,华大夫请跟我来。"年轻人前头引路,往曹操办公的书房走去。

一路上,华佗不时瞧瞧手里的药方,心里十分奇怪,这药方是怎么跑进自己的袋子里的呢?自进入司空府,之后到疫区诊症,袋子一直系在腰间,没有解下来过。还有,持有这药方的人为什么不自己献出来,而要通过自己的手?

就这样一路的心情激动加上各种忐忑,华佗跟着年轻人来到了曹操的书房。

曹操正在写东西,见到华佗进来便马上放下笔,说:"华大夫请坐。"

"司空大人,深夜来访,是有一件关于治天花的急事。"华佗未等曹操发问,便急忙说了起来,还把手里一直拿着的药方递给曹操,"这是一份目前来说最为完美妥帖的治天花良方,请司空大人想办法筹集这些中药,用来救治天花病人。"

是谁献出了天花药方？

曹操一听惊喜地说："啊，华大夫终于开出天花方子了？太好了，我现在就叫人传令下去，搜罗这些药材。"

曹操马上接过药方，传令下去，派遣多队人马，连夜搜集所需药物。

安排好一切后，曹操对华佗说："华大夫，如果这药方能救回天花病人的性命，我就报请朝廷，给你记头功。"

华佗急忙摆手说："不不不，这药方不是我开的。"

曹操一听很奇怪："啊，不是你开的，那是谁？"

华佗说："我也不知道是谁，反正是有人把方子放进我的袋子里的。"

曹操惊讶地看着华佗："有人放进你袋子里的？华大夫，别开玩笑了吧！谁会把这么珍贵的治天花方子放到你袋子里？谁都知道，天花无法治，如果找到治天花方法，那可是天大的功劳，那是可以得到皇帝的奖赏和封赠的呀，想要赏钱，想做官，都没有问题。"

华佗无奈地说："司空大人，这是真的，真是不知什么人放进我袋子里的。"

曹操瞪大眼睛看了华佗一会儿，忽然若有所思地点点头，说："我明白了。华大夫献出宝贵药方，却又不求名不求利，真是令人佩服，怪不得小岚求我把你找来治天花。

这辈子我欠你一个人情,日后你有什么事,尽管来找我;如果你有得罪我那一天,我也绝不伤你性命。"

"司空大人,不是……"

华佗话没说完,就被曹操打断了:"好了好了,华大夫,快回去休息吧,你也累了一天了,明天还有很多事做呢!我已经命人连夜搜集所需药材,明天,我们就开始用中药治天花患者。"

他又大声喊道:"送华大夫回住处。"

"是!"刚才带华佗来的年轻人马上走了进来,对华佗说:"华大夫,请。"

华佗还想对曹操说什么,曹操摆摆手:"什么也不用说,一切明白。"

华佗无奈地摇摇头,走了。他实在不想冒领这个功劳,只是自己即使有千张嘴也解释不清这药方来源。希望药方的主人将来会出现,那时就真相大白了。

第20章
华佗不想当御医

相信聪明的读者早已猜到,药方的事情一定与小岚有关。

没错。自从出现天花后,小岚就回忆起以前见过的一条治天花的中药处方,并默写了下来。可惜的是,她只记得方子中的中药名字,却不记得每种中药的分量。而且,十几种中药,她也生怕自己有没有记错了一种,或者有没有漏掉了其中一种。所以,她无法把这药方献出来,用于治疗天花病人。

见到华佗后,她灵机一动,可以把药方交由华佗啊!以华佗的医术,他完全可以把这药方加以完善,并加上药

量。但她又顾忌无法向华佗解释来源,因为华佗本身是大夫,不像曹操,可以用"白胡子神医"来搪塞过去。

所以,她让晓星想办法,神不知鬼不觉地把药方放进了华佗的袋子里。她知道华佗见到药方,一定会加以利用,会把药方完善后交出去用于救人。

只是小岚没有想到,事情还有了这样的惊喜——曹操以为药方是华佗所开,只是因为不想领功而否认,曹操出于感动向华佗许下诺言。历史已经在改变,华佗应不会死于曹操之手了。

有了防治天花的方法,濒死的城市和村庄终于慢慢恢复了生气。种牛痘,令得天花病人人数再也没有增加,而华佗采用了小岚默写出来的药方,也治好了无数天花病人。一个月之后,疫症终于慢慢平息了。

曹操把这次扑灭疫症的有功人员名单上报,以小岚和华佗为最大功劳。小岚是因为献出的牛痘法,避免了天花的继续蔓延;华佗是因为采用中药疗法,救活了成千上万在死亡边缘徘徊的天花患者。

这天,小岚和晓晴晓星正在海棠客院里商量回现代的事,突然听到门外有丫鬟叫道:"小岚姑娘,郭大人找你。"

郭大人?哦,是郭嘉。不知他来有什么事?小岚想着,便说:"有请!"

只见郭嘉笑嘻嘻地走了进来,对着小岚作了一揖,说:"小岚姑娘,曹大人请你去正堂。"

小岚一愣,问道:"啊,去正堂?"

在古代,正堂一般用于比较正式的场合,比如说,接见比较尊贵的客人,或者进行一些很严肃的事。其他一般的见客都是在偏厅或者主人认为合适的地方。

郭嘉朝小岚眨眨眼睛,说:"是呀。宫中传来消息,等会儿有皇帝给你和华大夫的圣旨。"

小岚有点吃惊,不明白为什么皇帝要给自己圣旨,自己又不认识他。

郭嘉高兴地说:"是好事呢!曹司空把你献牛痘防天花法的事上奏了,皇上下旨奖励你呢!"

"啊?不用不用!"小岚一听,本能地摇头又摆手。她才不想领这个功,牛痘防天花法又不是她发明的。

郭嘉呵呵笑着:"小姑娘,这是皇上的旨意。你不接受就是抗旨。"

"啊,真麻烦!"小岚显得很无奈。

郭嘉奇怪地瞅瞅小岚,说:"我还从来没见过像你这样的,把皇上的奖励当成麻烦事,别的人早就乐得不知今夕

是何年了。"

小岚耸耸肩,也不解释,只是无奈地跟着郭嘉往正堂去了。晓晴晓星听说是皇帝颁圣旨,便也跟着瞧热闹去。

郭嘉好像突然想起了什么,一脸感激地对小岚说:"小岚,差点忘了向你说声谢谢。"

小岚抬起头,有点莫名其妙:"怎么啦?谢我什么?"

郭嘉说:"你之前不是说,让我找个大夫看看吗?我找华大夫看了。"

小岚这才记起,她叫郭嘉找大夫看病的事。便问道:"哦,不用谢!华大夫怎么说。"

郭嘉有点沉重地说:"真没想到,华大夫说我身体有隐疾,现在治的话有九成机会可以完全治好,但如果置之不理,就会越来越严重,到时就无药可医了。"

小岚心里嘀咕,华大夫真神医呀!在本来的历史上,郭嘉三十三岁那年就病死了。

"幸亏你提醒我找大夫看看,要不我还真不知道自己身体有毛病呢!平时除了容易累,也没什么不舒服,没想到问题这么严重。"郭嘉说起来还心有余悸,"这几天我已经开始服药了,华大夫说如果顺利的话,半年以后,就能把病根除掉了。"

小岚由衷地为郭嘉高兴:"恭喜你呀,祝你早日痊愈,健健康康,长命百岁。"

说着说着,一行四人已经到了正堂。

见到曹操和他的几个谋士都在,咦,曹冲也来了。小家伙一本正经的,听着父亲和华佗说话。

华佗一脸的别扭,正跟曹操说着什么:"……司空大人,我真的不要什么赏赐,真的,您让皇上收回圣旨吧!我早就说了,那方子是不知什么人给我的。唉,好烦啦!"

郭嘉听了不禁笑了起来:"华大夫,你怎么啦,怎么跟小岚一个样!别人想也想不来的好事,怎么放在你们身上,就成了麻烦事呢!"

正说着,就听到外面有人大喊:"圣旨到!"

于是,曹操带头,大家呼啦啦跪了一大片。连曹冲也拉起衣袍,一本正经跪在他父亲身边。小岚和晓晴晓星实在不习惯下跪,但没法,也只好随着跪下了。

来传旨的是三名太监,一个老太监,两个小太监。只见老太监先拿出第一份圣旨,说道:"马小岚接旨!"

太监开始念道:"奉天承运,皇帝诏曰……"

那圣旨是古文,听得小岚一愣一愣的,大概明白是说小岚献出了预防天花法,让天花能在短期内平息,避免了

更多人染病死亡,惠及万民,所以皇帝赏金五百两。

"五百两?"小岚眼睛一亮,突然觉得这道圣旨可爱起来了。

她高高兴兴地说:"谢主隆恩!"

然后接过了小太监递过来的那盘金子。

接着是给华佗的圣旨。华佗的奖励除了五百两金子外,还有被封为太医官。华佗不好当着传旨的太监说什么,别别扭扭地接过了奖赏。

传旨太监一走,华佗就对曹操说:"司空大人,您不是说我以后有什么事可以找您帮忙的吗?那我现在就请您帮帮我,我不想做太医,我也不要这金子,您给我退回给皇上吧!"

华佗的话让在场的人都呆了。

"你你你你你……"曹操用手指着华佗,一脸的不理解,"你不想当太医?你知不知道,太医这个位子地位高,工作轻松,钱又多,是多少大夫梦寐以求的职位啊!现在你有这么好的机会,皇上为了奖励你封你为太医,你却不愿干!你真是不可理喻!"

华佗诚恳地说:"是的,我不想干。我希望用我的医术帮到民间更多人,而不是困在皇宫里,只为皇家贵族少数人治病。还有,我一向四海为家,走到哪里,就在那里治病救人,我不想用一个职位来困住自己。司空大人,您说过会帮我的,现在就请您兑现承诺吧!"

曹操盯着华佗,好一会儿才说:"本来,圣旨一下,你是不能拒绝的,否则就是抗旨,是要杀头的。不过,既然我说过会帮你,我就不能食言。而且,我很佩服你不为名利、服务大众的志向,那我就成全你,我替你去给皇上说,他会听我的。"

华佗大喜,他朝曹操拱了拱手,说:"多谢司空大人成全!另外,请司空大人把这金子也还回去。这里的事已完了,我想就此跟大人告辞了。"

"华伯伯,我喜欢你,我不许你走!"这时,曹冲抱住华佗的腿不肯放手,说,"伯伯不能走,你走了我以后生病了怎么办,我不想吃苦药。"

华佗低头摸摸

曹冲的小脑袋，说："小神童，伯伯也舍不得你。但是，伯伯是个游方郎中，游方郎中就是到处去给人看病的，所以，伯伯是一定要离开的。"

"我不要，我不要伯伯走！"曹冲哇的一声哭起来了。

见到小神童哭，在场的人都束手无策起来。

曹操特别心痛，他抱起儿子，对华佗说："华大夫，你就留下来吧，我们这里也很需要你这样的好大夫啊！"

这时小岚走了过来，说："华大夫，你就留下来吧！不只是小曹冲，相信这里的人都希望你留下来。"

她看了看华佗手里的五百金子，说："华大夫，我有个建议。这五百两金子你不用退回给皇帝，你可以用这些钱，在这里开一个诊所，遇到给不起药费和诊金的人，你就不收钱，这样就一举三得了。可以让七公子常常见到你，可以给普罗大众看病，可以帮助没钱治病的人。华大夫，好不好？"

"好，好！"曹冲大声说，"华伯伯，你就留下来开诊所，帮助很多很多人！"

华佗挠挠头，想想，这样也挺也不错哦！于是，笑着点了点头。

"噢噢噢！以后我生病不用吃药了！"曹冲高兴极了。

"傻孩子，生病还得吃药的。那个大官只是一个特殊个案。"

"啊，我不要，我也要做特殊个案。华伯伯，可以吗，可以吗？我会乖的，还有我以后会去你的诊所帮忙的……"

大家都好笑地看着那一老一少在讲条件。

这时小岚把自己那五百金子交给郭嘉："郭大哥，这些钱，就麻烦放到难民基金里。我想用来盖一所学校，专门让那些难民孩子上学读书。"

"啊，全都给我？"郭嘉喜得咧开嘴笑，"哇，太好了！那些小孩子很多连字都不识一个，我们正发愁怎么找老师，教他们认字呢！这五百两金子，连盖房子、找老师，都足够了。"

第21章
幸运新村

疫症已平息,小岚他们也准备走了。临走前,他们去了一趟乞丐村。

当他们走进村子时,发现已经大变样了。原先用茅草和树枝草草搭建的房子,现在已经被加固,变得结实和不再透风。

村头有一个醒目的牌子,上面写着——幸运新村。

忽然传来一阵小孩子琅琅的读书声,循声看去,是从一间新盖的草房子里传出的。

三人朝草房子走去,从窗子往里瞧,见到里面坐满了小孩子,一个年轻的书生,正一字一句地带着小朋友念书:

"呦呦鹿鸣，食野之苹。我有嘉宾，鼓瑟吹笙。吹笙鼓簧，承筐是将。人之好我，示我周行。呦呦鹿鸣，食野之蒿。我有嘉宾，德音孔昭……"

晓星小声说："郭大哥真厉害，短短时间就把小学办起来了。"

"嗯。"小岚满意地点点头。

她心想，郭嘉可是三国著名的谋士之一呢，办间小学，对他来说小事一件啦！

"姐姐，是你们呀！"有谁在后面扯了扯小岚衣角。

小岚扭头一看，不禁惊喜地说："咦，是你呀！"

原来是他们刚来那天，在乞丐村见到的那个小姑娘。一段时间不见，小姑娘长胖了点，脸上也有了血色，不像之前见到的皮黄骨瘦了。

小岚拉着小姑娘的手，把她带离学堂，免得影响小朋友读书。

"你弟弟呢？"小岚问。

小姑娘指着小学堂，一脸的骄傲："他在里面读书呢！弟弟跟我说了，等学会了认字，他就去找工作，要赚很多很多钱，养我和爷爷奶奶。"

"你弟弟真了不起！"小岚为小姑娘高兴，又问，"你

怎么不去念书？"

"我不去了，我是大孩子了，把机会留给小弟弟小妹妹吧！"小姑娘摇摇头，又兴奋地说，"姐姐，我能赚钱了。我学会了编竹筐，爷爷奶奶们都夸我编得好呢！"

小岚朝小姑娘竖起大拇指，说："哇，你太厉害了。"

小姑娘小脸红红的："将来，我和弟弟会努力赚钱，让爷爷奶奶过上好日子！"

小岚摸着小姑娘的头，说："好孩子，祝你早日愿望成真。"

"姐姐再见，哥哥再见，我要回去做工了。"小姑娘朝小岚几个挥挥手，一蹦一跳地走了。

小岚看着小姑娘背影，心里很欣慰。

该做的事都做了，要回去了。

"明天走吧，今晚就跟小曹冲告别。"

"还是不辞而别吧！小家伙一定揪住我们不放，那时就麻烦了。总不能把小神童带回现代呀！"

"那我们留一封信给曹伯伯好了。"

小岚想了想，对晓晴说："晓晴，你负责给曹伯伯写信，就说我们知道了失散亲人的消息，连夜找去了。"

又对晓星说："你赶紧写几个童话故事，留给小曹冲。

你以前写的默出来就行。"

晓星眨眨眼睛说:"那小岚姐姐你呢?"

小岚说:"西游记故事已经讲到大结局部分了,我把剩下的内容写出来,不然小朋友们听不到大结局,会很失望的。"

"好,弄好以后,我们就——回家去!"

"开工!"